Goez-Erdmann

Ein Kind zum Liebhaben ...

Dr. Goez-Erdmann, Jahrgang 1959, kam über Berlin und Münster ins Ruhrgebiet. Heute arbeitet sie als Stadtärztin in Bottrop. Sie lebt mit ihrem Mann und zwei Töchtern in Gelsenkirchen-Buer, wo auch dieser Roman spielt. Zur Zeit arbeitet sie an Bernd Boschs zweitem Fall.

Goez-Erdmann

Ein Kind zum Liebhaben ...

Ruhrgebietskrimi

Waxmann
Münster New York München Berlin

Die Deutsche Bibliothek – CIP-Einheitsaufnahme

Goez-Erdmann, Erika:
Ein Kind zum Liebhaben ... :
Ruhrgebietskrimi / Erika Goez-Erdmann.
– Münster ; New York ; München ; Berlin :
Waxmann, 1997
(Waxmann schwarze Serie)
ISBN 3-89325-563-X

ISBN 3-89325-563-X

Postfach 8603, D-48046 Münster, F. R. G.

http://www.waxmann.com
E-Mail: info@waxmann.com

Umschlag: Pleßmann Kommunikationsdesign, Ascheberg
Lektorat: Birgitta Stratmann
Satz: Stoddart Satz und Layout Service, Münster
Druck: Buschmann Druckerei GmbH & Co. KG, Münster

Printed in Germany

1
MO
3
MI

Die Handlung dieses Romans ist frei erfunden. Jede Ähnlichkeit zwischen den Figuren dieses Buches und lebenden oder toten Personen ist rein zufällig.

Montag

Wenn man eine schwangere Frau fragt, was sie sich denn so wünsche, Mädchen oder Jungen, so wird sie entweder das eine oder das andere nennen, vielleicht auch behaupten, es sei ihr egal. Auf jeden Fall aber wird sie hinzufügen: „Hauptsache, es wird gesund!"

Was für ein Unsinn, dachte Monika oft bei sich. Sie hatte sich so sehr einen Sohn gewünscht – es war ein Mädchen geworden. Selbstverständlich hatte sie sich ein gesundes Kind gewünscht – es hatte unter der Geburt eine Hirnblutung erlitten und würde zeitlebens körperlich und geistig behindert sein. Und doch hatte sie in den zehn Monaten, die seit dieser grauenhaften Geburt vergangen waren, gelernt, daß es weder auf Geschlecht noch auf Gesundheit ankam. Eigentlich, so meinte Monika inzwischen bei sich, mußte die sinnvollste Antwort einer werdenden Mutter heißen: „Hauptsache, es gehört zu mir!"

Denn irgend etwas hatte dieses Kind an sich, daß sie es trotzdem als zu ihr gehörig empfand, auch wenn die Behinderung des Kindes ihr so viel Schmerz zugefügt hatte. Sie hätte nie gewagt zu behaupten, daß sie es verarbeitet oder gar verkraftet hätte, ein behindertes Kind zu haben, aber dennoch erlebte sie mit diesem Kind eine intensive Gemeinschaft, die oft durch fröhliche Momente und alltägliche Selbstverständlichkeit gekennzeichnet war.

Solch ein Moment war auch der Augenblick an jenem Montag mittag im August. Bei ihrem täglichen Spaziergang mit dem Kind im Westerholter Wäldchen hatte sie am Hexenkapellchen Platz genommen, weil Jessika wach geworden war. Sie hatte Jessika auf ihren Beinen vor sich liegen, und sie spielten ein Spiel, das nur für sie beide bestimmt war und Dritte ausschloß. Jessika reckte sich, so gut sie konnte, und äußerte erwartungsvoll: „Örö". Daraufhin lachte Monika und antwortete mit bedeutungsvollem Kopfnicken: „Örö". Das wiederum rief bei dem Kind Kaskaden hellen Gelächters hervor, bis es dann wieder ernst wurde, sich reckte und ein erwartungsvolles „Örö" von sich gab.

Natürlich wußte Monika, daß andere Kinder so etwas auch machen. Andere Kinder können sogar schon viel eher auf diese Weise mit ihren Müttern in Kontakt treten. Ihre Tochter fing erst jetzt, mit zehn Monaten, damit an. Hätte sie darüber nachgedacht, hätte sie das bitter und traurig gemacht. So aber gab sie sich einfach der Intensität dieses Spiels hin und genoß einen Moment von Unbeschwertheit und Zeitlosigkeit.

„Das ist aber ein schöner Anblick", sagte die Frau mit der praktischen Kleidung und dem Dackel, die ebenfalls häufiger um die Mittagszeit im Westerholter Wäldchen spazierenging. Monika hatte schon ein paarmal einige Worte mit ihr gewechselt, dennoch brach die Stimme der älteren Frau jetzt in ihre Beschaulichkeit ein. Erschrocken nahm Monika das Kind auf den Arm und drückte sein Gesichtchen gegen ihre Schulter, so daß die rechte Gesichtshälfte des Kindes (dort, wo immer der Seiber aus dem gelähmten Mundwinkel floß) verdeckt war. Sie lächelte ein schnelles, ertapptes Lächeln, beeilte sich, ihr Kind wieder unter Kissen und Deckbettchen zu verstauen. „Schönes Wetter heute", murmelte sie eilig. Die Frau musterte sie. „Wirklich", sagte sie schließlich freundlich, aber nachdenklich, „ein herrlicher Sommertag". Dann ging sie schnell weiter, so als habe sie etwas Falsches getan.

Monika schob den Kinderwagen mit merkwürdig gemischten Gefühlen nach Hause. Überraschenderweise schlief die Kleine ein, gerade als Monika vor ihrer Haustür angekommen war. Monika überlegte, daß dies eine wunderbare Gelegenheit sei, in der Stadt nach etwas neuer Kleidung Ausschau zu halten. Allerdings mußte sie zur Toilette. Nach einem kurzen inneren Disput beschloß sie, die Kleine hinter den Hauseingang zu stellen und eben zu verschwinden.

In der Wohnung klingelte das Telefon. Es war die Schwiegermutter. Monika bemühte sich, das Gespräch kurz zu halten, dennoch vergingen einige Minuten. Sie ging zur Toilette, holte ihre Scheckkarte und lief wieder hinaus zu ihrem Kind.

Als sie in die flirrende Sonne trat, hatte sie für einen kurzen Moment den verrückten Eindruck, daß Jessika nicht mehr im Kinderwagen sei. Monika schüttelte den Kopf, wischte sich mit der Hand über die Augen und mahnte sich zur Vernunft. Sie beugte sich über die Kissen, strich sie sorgfältig glatt und wollte das Kind etwas höher ziehen. Erst in diesem Moment verdichtete sich das ungewisse Gefühl zur furchtbaren Erkenntnis.

Ihr Kind war fort.

Dienstag

Am Dienstag morgen machte der Jurastudent Markus Stemmler einen grausigen Fund. Genaugenommen machte ihn seine Schäferhündin Asta, und strenggenommen fand Asta den Fund keineswegs grausig, sondern im höchsten Maße faszinierend und appetitanregend. Markus hatte die Schäferhündin wie jeden Morgen zum Joggen mitgenommen, aber an diesem Tag war sie mit elegantem Sprung über die Abtrennung im Westerholter Wäldchen in jenes Gebiet eingedrungen, auf dem mit zahlreichen Schildern das freie Herumlaufen von Hunden strengstens verboten wurde. Man sollte es zur Schonung von Pflanzen und Tieren überhaupt nicht betreten, aber als Asta trotz Schreien und Pfeifen nicht zurückkehrte, überwand Markus seine Hemmungen und den Zaun und stiefelte seiner Hündin nach.

Er fand sie im wahrsten Sinne des Wortes beim Leichenschmaus. Markus wurde zunächst so übel, daß er keinen Ton hervorbrachte, dann aber begann er zu schreien, schlug nach dem Tier und zerrte es von dem Ort fort, wo jemand hastig und oberflächlich die Leiche eines Babys verscharrt hatte.

Bernd Bosch saß am Frühstückstisch und war immer noch sehr wütend auf seine Freundin, seit kurzem Lebensgefährtin, demnächst wohl Frau, Andrea. Mißmutig nippte er an seinem

Kaffee und gab vor, sich auf die Zeitung zu konzentrieren, während Andrea vergebens versuchte, seine schlechte Stimmung durch Anekdoten aus ihrem Kindergarten zu vertreiben. Als selbst die Schilderung von Timmis neuesten Untaten keinen Anflug von Lächeln auf Bernds Gesicht hervorrief, gab sie schließlich auf.

„Bernd“, sagte sie flehend, „bist du sauer?“

„Ach nee“, knurrte er, „wie kommst du denn darauf?“

„Was ist denn?“ bettelte sie.

„Kannst du dir wohl gar nicht denken, was?“ gab er zurück.

Andrea hatte viele Vorzüge, sie war hübsch, fröhlich, ausgeglichen, fleißig, häuslich, Nichtraucherin und sportlich, aber Bernd haßte es, wenn sie mit ihm angab. Für Andrea hingegen war Bernds beruflicher Erfolg – immerhin war er mit 26 Jahren bereits bei der Mordkommission gelandet – das größte Ereignis ihres Lebens, und sie scheute sich nicht, möglichst detailliert darauf hinzuweisen, was für eine besondere Tätigkeit dies sei. Am Vorabend aber war sie wohl etwas zu weit gegangen.

„Bist du so sauer, weil ich gestern zu Papa und Sven gesagt habe, du seist jetzt der Kommissar?“ fragte sie, ganz ein Bild engelhafter Unschuld. „Allerdings! Das war erstens ziemlich geschmacklos und zweitens erstunken und erlogen“, brummte Bernd. „Aber die Mordkommission besteht doch zur Zeit nur aus dir – dein Chef hat einen Herzinfarkt und liegt auf der Intensivstation, sein Stellvertreter hat sich ein Bein gebrochen und liegt auch im Krankenhaus, dein anderer Kollege ist im Urlaub und irgendwie nicht zu erreichen, und einer ist neulich in den Ruhestand gegangen. Jetzt bist du doch praktisch die gesamte Mordkommission – stimmt doch, oder?“ verteidigte Andrea sich.

Bernd kochte. „Weißt du, wie du dich gestern angehört hast?“ brach es aus ihm hervor. „So, als würdest du dir wünschen, daß jetzt ein Mord passiert, bloß, damit du damit angeben kannst.“

Andrea schaute ihn groß an. „Aber wäre das nicht die Chance?" fragte sie.

„Was für ein entsetzlicher Blödsinn. Keiner löst Mordfälle im Alleingang! Erstens würden dann andere, erfahrene Kollegen eingesetzt, und zweitens ist das ja wohl das Letzte! Ist dir eigentlich klar, was das ist, ein Mord?"

Andrea seufzte. Sie stand auf und wuschelte Bernds Haar zärtlich. „Ich bin eben sehr stolz auf dich!" erklärte sie. In dem Moment klingelte das Telefon. Sie lachte. „Bestimmt Sylvie", sagte sie. „Wetten, daß der Wagen mal wieder nicht anspringt und ich sie abholen soll?"

Als sie wieder kam, war sie kalkweiß im Gesicht, ihre Unterlippe zitterte und in ihren Augen standen Tränen. „Du sollst sofort in den Westerholter Wald kommen!" brachte sie nur mühsam hervor. „Zum Hexenkapellchen. Sie haben dort eine Leiche gefunden. Es ist ... ein kleines Mädchen."

Bernd überlegte zunächst, ob er zum Hexenkapellchen laufen sollte. Andrea und er hatten eine hübsche Dachgeschoßwohnung in der Hagenstraße gefunden, und er wäre sicherlich auch mit dem Wagen nicht schneller gewesen. Andererseits konnte es gut sein, daß er das Auto noch brauchte und deshalb entschloß er sich doch, es aus der Tiefgarage zu holen und sich durch die Einbahnstraßen zu schlängeln. Er warf sich also ein leichtes Sommerjackett über, nachdem er, etwas zittrig vor Aufregung, seine Dienstwaffe umgebunden hatte. Andrea starrte ihn, immer noch mit Tränen in den Augen, fassungslos an. „Alles Gute!" wisperte sie schließlich. „Sie werden dir bestimmt jemand Erfahrenen zuteilen." Bernd nickte zerstreut. Er hatte schreckliche Angst, und alles, woran er jetzt denken konnte, war die Frage, wie er am besten zum Hexenkapellchen kommen würde.

Er war schneller dort, als ihm lieb war. Als er den Wagen an der Westerholter Straße abstellte und ausstieg, wurde er schon von einem Polizisten aus einem Streifenwagen empfangen. Sie kannten sich flüchtig, Polizeiobermeister Ebert oder so ähnlich, meinte Bernd sich zu erinnern. „Herr Bosch? Sie werden schon erwartet, die Spurensicherung und der Fotograf sind bereits da. Gehen Sie dort den Weg, dann sind Sie am schnellsten."

An der Schonung sah Bernd einen jungen Mann mit einem Hund und einen weiteren Polizeibeamten in Uniform. Beide drehten sich zu ihm. „Herr Bosch?" fragte der Polizeibeamte. „Guten Morgen!" nickte Bernd. „Das hier ist Herr Stemmler. Er hat die Leiche gefunden. Sie liegt dort hinten." Das war nicht zu übersehen, denn der lange Rickert und sein Kollege Assmann hatten schon damit begonnen, den Fundort nach Spuren abzusuchen und zahlreiche Photos zu machen.

Bernd schaute sich fassungslos um.

Der Polizist in Uniform hüstelte. „Hier ist der Zeuge", wiederholte er. Bernd brauchte eine Weile, um sich klarzumachen, was der Polizist wohl von ihm wollte. „Darf ich meine Aussage bitte jetzt sofort machen?" fragte der junge Mann ihn. „Wissen Sie, ich habe einen guten Ferienjob. Es klingt vielleicht herzlos, aber ich möchte nicht zu spät kommen. Ich meine, helfen kann ich der Kleinen sowieso nicht mehr, oder ..."

Der junge Mann war immer leiser und hastiger geworden, seine Worte schienen zu verebben. Bernd gab sich einen Ruck. „Selbstverständlich kann ich Ihre Aussage jetzt sofort zu Protokoll nehmen", sagte er freundlich. „Wir dürfen doch sicher noch einmal auf Sie zurückkommen, wenn wir noch Fragen haben?"

„Natürlich", nickte der junge Mann.

Er wartete, bis Bernd sich einen Notizblock hervorgeholt hatte, und diktierte dann langsam und deutlich seinen Namen und seine Adresse.

„Heute morgen um 7 Uhr 13 bemerkte ich, daß meine Schäferhündin Asta in dieses umzäunte Gebiet eingedrungen war. In dem Bemühen, sie dort wieder herauszuholen, folgte ich ihr. Ich fand sie vor, wie sie ..." – der junge Mann drehte sich zur Seite und verschränkte die Arme so heftig, als wolle er sich selbst umarmen. Er atmete ein paar mal heftig ein und aus, dann vollendete er mit deutlicher Anstrengung den Satz: „... an einer kleinen Leiche kaute."

Der junge Mann sagte nichts mehr und starrte vor sich auf den Boden. „Meinen Sie wirklich, Sie sollten heute arbeiten gehen?" fragte Bernd sanft. Markus Stemmler hatte sich auf die Lippen gebissen und warf ihm nur einen kurzen scheuen Blick zu. Trotzdem nickte er leicht. Nach einer kleinen Weile räusperte er sich schließlich und murmelte in die allgemeine Stille: „Kann ich jetzt bitte gehen?" „O.K.", sagte Bernd, „ich melde mich, wenn ich noch Fragen habe."

Inzwischen waren schon zwei Männer mit einem kleinen Zinksarg aufgetaucht. „He!" rief einer. „Sind Sie von der Mordkommission?" „Ja", sagte Bernd. „Geht die Leiche nach Bochum oder nach Essen?" fragte der Mann. „Nach Essen", sagte Bernd verwundert. „Bochum soll aber billiger sein, hab' ich gehört", meinte der Sargträger. „Der Staatssäckel ist leer", fügte der andere hinzu. „Davon weiß ich nichts. Bisher sind die Leichen immer nach Essen gegangen und heute geht diese Leiche auch dahin", erklärte Bernd. Zur Not, fügte er in Gedanken hinzu, bezahle ich eben den Mehrpreis.

„He, Mordkommission!" brüllte der lange Rickert. „Willst du dir nicht mal endlich deine Leiche angucken?" Bernd hatte das sichere Empfinden, daß er nicht wollte. Er hatte noch nicht viele Leichen in seinem Leben gesehen und noch nie die eines Kindes. Mit einem Gefühl der Übelkeit und dem heftigen Wunsch, einfach wegzulaufen, kletterte er widerstrebend über den Zaun und ging langsam zum Fundort der Leiche. Es war ein noch viel schlimmerer Anblick, als er befürchtet hatte. Nackt lag dort, notdürftig verscharrt, ein dickes Baby, ein Mädchen. Das linke Händchen war angekaut, aber davon abgesehen wirkte die kleine Leiche vollständig unberührt.

Fassungslos kniete er neben dem Kind nieder. Vorsichtig wischte er etwas Dreck, ein paar Blätter von dem kleinen Körper. Einem plötzlichen Impuls nachgebend, fuhr er mit dem Zeigefinger vorsichtig den Kiefer entlang. Zwei weiße Zähnchen unten, sonst nichts. Wie bei Jonathan, seinem Neffen. Bernd bereute, nach den Zähnchen gefühlt zu haben: das Bewußtsein, es mit einem Baby, so alt wie sein kleiner Neffe, zu tun zu haben, tat ihm regelrecht körperlich weh. Was hat man dir nur angetan, fragte er das Kind innerlich. Wie unendlich leer der Blick des Kindes, nicht die Spur einer Antwort.

„Können wir die Kleine mitnehmen?“ fragten die Sargträger mit brutaler Lautstärke.

Vorsichtig befreite Bernd das Kind aus der Erde, hob es sanft empor, um es zu dem Zinksarg zu tragen. In diesem Augenblick traf ihn fast schmerzhaft ein Blitzlichtgewitter. Er schaute auf und starrte in die Kamera des Fotografen. Erst jetzt bemerkte er, daß ihm Tränen über das Gesicht liefen.

Bernd starrte auf den Boden. Was, um Himmels willen, war jetzt zu tun? Er hatte keine Ahnung. Der lange Rickert war auf ihn zu gestakst und grinste schief. „Na“, sagte er, „in deiner Haut möchte ich aber nicht stecken. Wir haben über eine halbe Stunde rumtelefoniert wie die Doofen, nur um überhaupt jemanden von der Mordkommission aufzutreiben. Du bist wohl der letzte Mohikaner?“ Bernd starrte ihn an. Ihm fiel noch nicht einmal eine Antwort ein. „Na, nix für ungut“, meinte Rickert. „Ich seh’ mich noch ’n bißchen um, ja?“ Und damit entfernte er sich wieder.

Bernd wußte immer noch nicht, was er tun sollte. Etwas unentschlossen und zweifelnd ging er schließlich wieder zur Westerholter Straße. Keiner sprach ihn an, keiner hielt ihn auf.

Als er sein Auto erreicht hatte, hielt mit quietschenden Reifen ein anderes neben ihm. Der Kollege, der heraussprang, kam ihm vage bekannt vor. „He!“ rief dieser. „Sind Sie von der Mordkommission?“ Bernd schaute sich um, aber er war allein. „Ja“, sagte er langsam. Der Mann sprang auf ihn zu. „Schürmann“, stellte er sich militärisch knapp vor, „Dezernat Entführungen und so weiter. Ich hab's eilig. Ich hab' gehört, ihr habt die kleine Josten gefunden. Die ist gestern entführt worden. Damit handelt es sich ja wohl nicht mehr um mein Ressort. Ich gebe hiermit die Akte vollständig und zuständigkeitshalber an die Mordkommission ab. Hier!“ Mit diesen Worten drückte er einen Packen Papier in Bernds Arme.

„Was?“ fragte Bernd. „Hör zu, Kollege“, sagte Schürmann. „Wir haben zur Zeit Sommerferien, und mein Dezernat ist nur zur Hälfte besetzt. Ich hab' vor drei Monaten für heute und den Rest der Woche Urlaub beantragt – aus wichtigen familiären Gründen. Gestern ist die kleine Josten entführt worden, und mir ist kurzfristig der Urlaub gestrichen worden. Ich hab' aber trotzdem noch wichtige familiäre Gründe. Und da ich sowieso nix mehr für die Kleine tun kann, hau' ich jetzt ab. Kapiert? Ich bin nächste Woche Montag um acht wieder im Dienst. Keine Minute eher. Kapiert? Und wem das nicht paßt, der kann mich mal!“

„He, was ist denn los?“ fragte Bernd verwirrt.

„Was los ist? Das kann ich dir sagen: Mein Junge, mein einziger Junge, ja?, der hat heute um 15 Uhr in München einen ganz großen Termin, da kriegt der nämlich seinen Doktortitel verpaßt. Davon könnt ihr alle nur träumen! Und ich als Vater, ich werde dabei sein, kapiert? Und damit ich dabei bin, fahr' ich jetzt los. Die Kleine ist sowieso tot, da kommt's jetzt auch nicht mehr auf mich an. Aber für meinen Jungen und mich ist das heute nachmittag sehr wichtig. Im übrigen steht alles Wesentliche dort in der Akte. Wenn du mich fragst, die Eltern haben das Kind selbst abgemurkst. War nämlich schwerbehindert. Naja, irgendwie kann man so was sogar verstehen, ne? Also, ich bin weg!"

Und genauso eilig, wie er ausgestiegen war, stieg er wieder in sein Auto ein. Erst jetzt löste sich eine Antwort aus Bernd. „Nein!" sagte er heftig. Der andere öffnete noch einmal kurz die Fahrertür. „Was hast du gesagt?" fragte er. „Nein", sagte Bernd. „Wie, nein?" fragte Schürmann zurück. „Nein, ich kann das nicht verstehen." „Was denn?" fragte Schürmann verblüfft. „Daß Eltern ihr behindertes Kind umbringen", sagte Bernd. „Naja", meinte Schürmann väterlich, „erst mal mußt du es ihnen ja nachweisen. Also, schlag dich wacker!" Er zog die Tür wieder zu und brauste davon.

Bernd setzte sich in seinen Wagen und begann in der Akte zu blättern. Während er die Aussage von Frau Monika Josten las, wurde er allmählich ruhiger. Eine Lösegeldforderung war bislang nicht eingegangen. Vielleicht hatte Schürmann recht, und die ganze Entführung war nur vorgetäuscht gewesen? Bernd rieb sich gequält die Stirn. Wie dem auch sei, er mußte jetzt erst mal zu den Eltern des Kindes. Jessika hatte sie geheißen. Ärgerlich, daß er das Auto genommen hatte. Jostens wohnten ganz in der Nähe, und auf der Nienhofstraße war überall Anwohnerparken. Am besten, er ging zu Fuß und holte hinterher sein Auto. Ach nee, die mußten ja vielleicht das Kind noch identifizieren. Bernd stützte den Kopf in seine Hände und stöhnte. Dann nahm er sich zusammen, atmete tief durch, schnallte sich vorschriftsmäßig an und fuhr los.

Das Anwohnerparken war wirklich eine blöde Einrichtung, zumal heute, am Dienstag, Markt war, und die Politessen in der

Nienhofstraße reichlich abkassieren würden. Bernd zögerte erst ein wenig, dann fuhr er seinen Wagen kurz entschlossen in die Einfahrt des Hauses. Er stieg die Treppenstufen zum Hauseingang hoch und merkte, wie er allmählich ruhiger wurde. Drei Parteien wohnten in dem Haus, die Familie Josten im Erdgeschoß. Es war ein rotes Klinkerhaus im Bauhausstil, schöne Proportionen, harmonisch mit dem Nachbarhaus verbunden, das praktisch eine Hälfte des Gebäudes darstellte und doch nicht einfach nur spiegelbildlich errichtet war.

Die schwere, alte Eichentür summte fast sofort, nachdem er geschellt hatte. Bernd drückte die Tür auf und betrat einen kühlen, mit Marmor gefliesten Hausflur, Treppe und Fußboden aus altem, aber sehr gepflegtem, honigfarbenem Holz. Die Wohnungstür war geöffnet, erwartungsvoll schaute ihm eine sehr hübsche junge Frau mit verweintem Gesicht entgegen.

„Guten Morgen", sagte Bernd leise, „mein Name ist Bosch, Kriminalpolizei. Darf ich hereinkommen?"

Die junge Frau nickte und gab die Tür frei. Hinter ihr, im Wohnungsflur, stand ein dunkelhaariger, etwas rundlicher Mann, gutgeschnittenes Jackett und Krawatte trotz des Hochsommers. Aufmerksam musterte er Bernd.

„Kommt Herr Schürmann auch?" fragte er mit angenehm dunkler Stimme.

„Sollen wir uns vielleicht setzen?" fragte Bernd zurück.

„Ist das denn nötig?" wimmerte die junge Frau und begann sofort wieder zu weinen. „Ja", sagte Bernd ruhig. „Ich habe eine sehr schlimme Nachricht. Wir haben soeben die Leiche eines kleinen Mädchens gefunden, und ich fürchte, es könnte sich um Ihre Tochter handeln."

Monika Josten schluchzte los. Dieter Josten nahm sie fest in seinen Arm und drückte ihren Kopf schützend gegen seine Schulter, um ihren Schmerz nicht so sichtbar werden zu lassen. Sein Gesicht war traurig, aber gefaßt. „Das ist schrecklich", sagte er leise. Bernd nickte. „Meinen Sie, Sie könnten es ertragen, sie zu identifizieren?" fragte er. Dieter nickte entschlossen. „Ich schon", sagte er. „Moni, du bleibst besser hier, ja?" „Nein!" rief die junge Frau. „Ich komme mit!" „Vielleicht hast du recht", sagte Dieter. „Fahren wir."

„Sollen wir meinen Wagen nehmen?" fragte Bernd. Dieter nickte. „Wenn es Ihnen nichts ausmacht, uns hinterher wieder nach Hause zu bringen?" „Wir können doch auch ein Taxi nehmen", warf Monika ein. „Selbstverständlich bringe ich Sie wieder zurück", sagte Bernd. Er wußte ja sowieso nicht, was er tun sollte.

Auf dem Weg nach Essen gerieten sie in einen Stau. In Altenessen ging es nicht vor und nicht zurück. Es wurde langsam sehr warm im Auto. Bernd schwieg, weil ihm nichts zu sagen einfiel, aber jetzt, während sie standen, begann das Schweigen zunehmend auf ihm zu lasten.

„Woran ist unser Kind gestorben?" fragte Monika plötzlich. „Ich weiß es nicht", sagte Bernd. „Sie ist jetzt in der Gerichtsmedizin, man wird es dort herausfinden." „Ist sie sehr ... entstellt?" fragte Dieter. „Nein, gar nicht. Im Gegenteil, sie ist sehr hübsch, ein süßes Kind, nur ... so als ob sie schläft, aber auch irgendwie nicht ... ich ... ich kann das nicht beschreiben ..." – verwirrt brach er ab.

Endlich konnte er ein wenig vorwärts fahren, aber dann standen sie schon wieder. „Wo haben Sie sie gefunden?" fragte Monika. „Am Hexenkapellchen", sagte Bernd. „Ach so", sagte Monika. Irgendwie half ihr diese Information auch nicht.

„Wohin fahren wir eigentlich?" fragte Dieter.

„Zur Gerichtsmedizin, Essener Klinikum", erwiderte Bernd.

„Ich war gestern spazieren am Hexenkapellchen", sagte Monika. „Tatsächlich?" fragte Bernd. Er war aber gar nicht überrascht, denn das hatte er in den Protokollen schon gelesen. „Haben Sie irgendwen getroffen?" fragte er, obwohl das ja auch im Protokoll stand. „Ja", sagte Monika, „die Frau mit dem Dackel und den praktischen Schuhen. Sie geht immer um dieselbe Zeit wie ich spazieren. Sie ist eigentlich ganz nett. Sie sieht aus wie eine Lehrerin oder so."

„Und sonst?" fragte Bernd. Monika zuckte mit den Schultern. „Da waren noch welche, aber ich habe nicht auf die geachtet", sagte sie. „Hm", brummte Bernd. Zum Glück ging es jetzt wieder vorwärts.

Er erinnerte sich rechtzeitig, daß es klüger war, auf der Rückseite des großen Klinikkomplexes zu parken. Dank der Ferien war die Parkplatzsituation auch nicht ganz so katastrophal wie sonst. Er fand einen Platz im Parkhaus unter der Mensa und marschierte mit Jostens erst die unfreundliche Treppe zur Mensa und zu dem Hochhaus, in dem die sogenannten vorklinischen Institute untergebracht waren, hinauf. Dann liefen sie über die langgestreckte Brücke hinüber zum eigentlichen Klinikgelände. Im Winter zog es oft bitterkalt auf dieser Fußgängerbrücke, dagegegen war es jetzt im Hochsommer unerträglich heiß.

Zum Glück fand Bernd den Weg zur Gerichtsmedizin sofort. Das Schweigen zwischen ihm und den Jostens hatte schon sehr lange gedauert und wurde mit jedem Schritt belastender. Bernd wünschte sich nur noch, daß endlich diese gräßliche Situation vorübergehen möge.

Auch Monika Josten dachte ausschließlich, daß sie diese Spannung kaum noch aushalten könne. Fast erschien es ihr als Erlösung, in wenigen Minuten zumindest sicher zu wissen, woran sie sei. Noch aber zerriß ihr die Ungewißheit fast den Leib, ein qualvoller, regelrecht körperlicher Schmerz.

Zur Gerichtsmedizin mußte man ein paar Stufen ins Souterrain hinabsteigen. Dann wurde der Weg durch eine schwere dunkle Tür versperrt, an der Wand eine unscheinbare Klingel.

Unerträglich der Moment, nachdem sie geschellt hatten und darauf warteten, daß jemand kam. Es schlurfte ein Punk in weißem Kittel heran, grotesk die grellgelb gefärbte Hahnenkammfrisur, in der Augenbraue ein kleiner Ring. Noch grotesker schien die sachliche Höflichkeit, mit der er fragte: „Sie wünschen bitte?"

Keiner der drei fand sofort eine Antwort. Erst nachdem er sich ein paarmal geräuspert hatte, gelang es Bernd, sich vorzustellen. „Wir haben vorhin eine kleine Leiche gefunden", sagte er. „Eventuell könnte dieses Ehepaar das Kind identifizieren."

„Oh", sagte der Punk. Er schaute Dieter und Monika nicht an. „Mein Beileid. Ich hol' aber erst den Professor", und damit verschwand er eilig.

Erneut trat Schweigen ein. Monika weinte wieder leise vor sich hin. Bernd fand ein Papiertaschentuch in seiner Jackentasche und gab es ihr, aber nachdem sie es naßgeweint hatte, holte Monika aus ihrer Handtasche ein ganzes Paket.

Endlich kam der Professor. Er war klein und dick und roch sehr stark nach Rasierwasser. Den rechten Gummihandschuh hatte er ausgezogen, hielt ihn in der behandschuhten Linken und reichte zunächst Monika die Hand.

„Es tut mir leid, Sie können jetzt nicht hinein, wir haben gerade angefangen. Haben Sie das Kind schon anhand von Fotografien identifiziert?"

Bernd erschrak. Natürlich – wie hatte er das vergessen können! Die Identifizierung einer Leiche durch die Angehörigen war doch immer erst der allerletzte Schritt, wenn man schon ganz sicher war, daß es sich um den Richtigen handelte! Und er hatte jetzt diesen schlimmen Fehler begangen, einfach so, ohne Voranmeldung, ohne richtige Vorbereitung die Eltern hierher an diesen schrecklichen Ort zu führen! Bernd schämte sich so sehr, daß er nichts zu sagen wußte.

Dieter und Monika jedoch schauten sich nur verwundert an. „Nein, wir haben kein Foto dabei“, sagte Dieter schließlich, „jedenfalls kein aktuelles. Ich hab’ im Portemonnaie noch ein Bild, das kurz nach ihrer Geburt gemacht worden ist.“ Seine Stimme verstummte, und in seine Augen traten Tränen.

„Nein, ich meine, haben Sie die kleine Leiche auf den Polizeifotos erkannt?“ fragte der Professor.

„Nein“, sagte Monika überrascht.

„Aber vielleicht können Sie mir etwas sagen, was diesen furchtbaren Verdacht schon jetzt erhärtet. Wann genau haben Sie Ihre Tochter zuletzt lebend gesehen?“

„Gestern“, sagte Monika. „Um halb drei.“

„Halb drei Uhr morgens?“ fragte der Professor nachdenklich.

„Nein, nein, halb drei Uhr mittags, 14 Uhr 30“, berichtigte Monika. „Ich meine, so ungefähr“, fügte sie errötend mit gesenktem Kopf hinzu.

Der Professor kratzte sich verwundert am Hinterkopf. „Sind Sie ganz sicher?“ fragte er schließlich. „Ich meine, wirklich ganz sicher? Meinen Sie gestern oder vorgestern?“ „Gestern“, sagte Monika. „Jeder Zweifel ist ausgeschlossen.“ Sie starrte dem Professor in sein zweifelndes Gesicht. „Äh“, sagte dieser, „haben Sie vielleicht Zeugen dafür, ... ich meine, ... jemand anders ... der vielleicht gestern vormittag gesehen hat, daß Ihre Tochter noch am Leben war, ich mein’ ja nur ...“ Unter Dieters flammendem Blick verebbte sein Redefluß.

„Allerdings“, sagte Dieter scharf. „Wir waren gestern vormittag beispielsweise bei der Krankengymnastik mit Jessika. Ich kann Ihnen gerne Namen, Adresse und Telefonnummer geben, dann können Sie sich selbst davon überzeugen!“

„Krankengymnastik?“ fragte der Professor interessiert. „Weshalb?“ „Unsere Tochter hat einen schweren frühkindlichen Hirnschaden, wie die Ärzte das nennen. Sie ist sowohl spastisch gelähmt als auch geistig behindert. Wir turnen jeden Tag nach

Vojta mit ihr und gehen einmal in der Woche zur Krankengymnastik."

Der Professor musterte ihn nachdenklich. „Wie alt ist Ihre Tochter?" fragte er schließlich. „Zehn Monate. Sie hat im Oktober Geburtstag, am 17." Der Professor strahlte: „Dann sind Sie sicher nicht die Eltern des Kindes, das ich da drinnen habe! Das Kind ist ungefähr sechs Monate alt, es scheint körperlich gesund gewesen zu sein – zumindest habe ich nicht den geringsten Anhalt für einen schweren Hirnschaden, das muß ich natürlich noch genauer untersuchen, und vor allem – das Kind da drinnen ist seit mindestens 30 Stunden tot, vielleicht auch schon seit 36 Stunden, das muß die Obduktion noch zeigen."

Dieter und Monika staunten den Professor schweigend an. Bernd nahm den Professor etwas beiseite. „Woran ist das Kind gestorben?" fragte er leise. „Das weiß ich noch nicht", antwortete der Professor, ebenfalls mit gedämpfter Stimme. „Ich werde aber Herrn Rogalla umgehend benachrichtigen, sobald ich etwas weiß. Und ich werde Herrn Rogalla bitten, in Zukunft seine Mitarbeiter ein bißchen besser auf die üblichen Vorgehensweisen hinzuweisen. Einfach die Eltern hier anschleppen, ts!"

„Herr Rogalla ist krank", sagte Bernd leise. „Aha", erwiderte der Professor. „Gut, ich melde mich bei Herrn Schneider, sobald ich etwas weiß." Bernd atmete tief durch. „Herr Schneider hatte einen Unfall."

„Oh!" sagte der Professor. „Dann eben dieser ... wie heißt er noch ... so ein polnischer Name ..." „Herr Kolecki ist auch nicht da, er ist im Urlaub und nicht zu erreichen."

„Verdammt noch mal, irgendwer muß doch wohl zuständig sein, oder? Soll ich den Polizeipräsidenten anrufen?" „Rufen Sie bitte mich an!" sagte Bernd. „Mein Name ist Bosch, und ich gehöre seit kurzem auch zur Mordkommission."

Überrascht schaute ihn der Professor an. „Ich dachte, die nehmen da immer erfahrene Leute", murmelte er. „Na gut. Ich geh' dann mal wieder an meine Arbeit. Ich rufe Sie an." Dann wandte er sich an die Jostens, die immer noch still und fassungslos dastanden.

„Tja", sagte er. „Alles Gute für Ihr Kind, ja?"

„Heißt das", rief Monika eilig, „daß unsere Jessika noch lebt?" Der Professor schaute sie traurig an. „Das weiß ich nicht", entgegnete er leise. „Tut mir leid, ich glaube nicht, daß Sie sich allzuviel Hoffnung machen dürfen. Aber immerhin, die Kleine da drinnen ist es nicht." Und damit wandte er sich ab und verschwand schnell hinter der Tür, aus der er gekommen war.

„Sie ist es nicht!" flüsterte Monika ihrem Mann zu. Beide standen noch eine Weile eng aneinandergepreßt da, aber als sie endlich den Rückweg antraten, lösten sich ihre Bewegungen, und immer rascher und beschwingter eilten sie zum Auto. Beide setzten sich wieder nach hinten, um sich gegenseitig halten zu können, aber jetzt wirkten sie lebhaft und aufgeregt.

„Verdammt!" sagte Dieter plötzlich, während Bernd den Motor anließ. „Was ist denn?" erkundigte sich Bernd.

„Wenn sie jetzt anrufen, es ist ja keiner da, der den Anruf entgegennimmt!"

„Hast du etwa den Anrufbeantworter nicht eingeschaltet?"

„Nein, tut mir leid, ich hab's komplett vergessen. Oh Mann, jetzt könnt' ich mich aber selbst in den Hintern treten dafür! Scheiße, verdammte!"

„Was für einen Anruf erwarten Sie denn?" fragte Bernd.

„Na, von den Entführern natürlich. Die wollen doch bestimmt Lösegeld."

„Hätten Sie denn welches?" fragte Bernd.

„Wir sind jetzt nicht gerade das, was man so stinkend reich nennt", kam es verlegen von Monika. „Aber ... ich mein' ... 'n bißchen was ist schon da."

Dieter preßte entschlossen die Kiefer zusammen, dann setzte er die Rede seiner Frau fort: „Wir sind schon ziemlich wohlhabend. Wir haben zwar immer versucht, das nicht so nach außen zu zeigen, schon allein, um uns vor solchen Kriminellen zu schützen, aber ein totales Geheimnis ist das natürlich nicht, daß meine Mutter ein paar Schuhgeschäfte hat. Ich bin einziger Erbe und auch jetzt schon Hauptgeschäftsführer, ich meine, da verdien' ich natürlich auch so schon ganz gut."

Bernd merkte, daß es vielleicht taktlos war, genauer nachzufragen, aber seine Neugier war geweckt, und schließlich war er ja Polizeibeamter und nicht Seelsorger.

„Leder-Josten?" fragte er. „Sind das Ihre?"

„Hm", brummte Dieter zustimmend.

„Ach!" sagte Bernd. „Und womit rechnen Sie so als Lösegeldforderung?"

„Schwer zu sagen", meinte Dieter. „Alles unter einer Million ist natürlich kein Thema. Aber so ab zwei Millionen wird's kritisch, dann wird das der Firma wohl den Nacken brechen. Ich meine, wir haben natürlich ein paar Immobilien, nur, die kriegt man ja so schnell nicht los. Aber ich hab' schon mit unserm Banker gesprochen, bis zwei Millionen geht's."

Monika fing wieder an zu weinen. „Heutzutage werden immer so schrecklich hohe Forderungen erhoben!" schluchzte sie. „Die Schwiegermutter hat schon gesagt, mehr als zwei Millionen ginge nicht."

„Geht schon!" sagte Dieter fest. „Wenn's hart auf hart kommt, läßt uns Mutter nicht im Stich, wirst du schon sehen."

„Aber sie hat doch gesagt, sie läßt sich von den Entführern die Firma nicht kaputtmachen!"

„Das sagt sie so. Paß auf, sie wird schon einlenken, wenn's sein muß!"

Bernd hatte natürlich in den Akten gelesen, daß Jostens wohlhabend seien und mit einer Lösegeldforderung rechneten.

Jetzt staunte er aber doch, als er die Summen hörte, über die die beiden spekulierten.

„Naja“, sagte er freundlich, „zwei Millionen sind doch schon ganz schön viel, oder?“

„Sicher“, sagte Dieter. „Vielleicht lassen die ja auch mit sich handeln.“

„Mit Sicherheit nicht!“ erwiderte Monika. „Bestimmt halten die nur Tonbänder vor Münzfernsprecher und so. Oh, mein Gott, hoffentlich tun sie unserer Maus nichts! Und Jessika hat's doch auch so schon schwer genug im Leben! Warum ausgerechnet sie?“

„Das würde sich jede Mutter fragen“, sagte Bernd freundlich. „Es ist in jedem Fall ein unglaubliches, gemeines Verbrechen.“

Monika weinte wieder ein bißchen. Dieter drückte sie etwas näher an sich, dann schaute er in den Rückspiegel und versuchte, Bernds Gesicht zu sehen.

„Werden Sie überhaupt in unserer Sache weiter ermitteln?“ fragte er plötzlich. „Ich meine, vielleicht sind Sie ja gar nicht mehr zuständig.“

„Aber er ist doch bei der Polizei!“ sagte Monika vorwurfsvoll. „Nicht wahr, Sie müssen doch auch rausfinden, wo unsere Jessika ist, nicht wahr?“

Bernd geriet ins Schwitzen. Er war ja wirklich nicht zuständig, aber es fiel ihm schwer, das in dieser Situation zuzugeben.

„Vielleicht gibt es ja einen Zusammenhang zwischen dem Tod des kleinen Mädchens und dem Verschwinden Ihrer Tochter“, sagte er statt dessen.

„Um Himmels willen, hoffentlich nicht!“ sagte Dieter. „Dann hat ja irgend so eine Verrückte unser Kind in ihren Klauen. Die findet man ja nie!“

„Aber wenigstens würde sie lieb zu unserer Jessika sein!“ sagte Monika hoffnungsvoll.

„Ach“, sagte Dieter, „und das andere Kind ist dann vor lauter Liebe verstorben, was? Nee, bei dem Gedanken wird mir angst und bange. Mir wär' am liebsten, es handelte sich sozusagen um Geschäftsleute. Damit kann ich noch am ehesten verhandeln, auch wenn sie kriminell sind.“

Interessanter Gedanke, dachte Bernd. Eine Weile schwiegen sie.

Schließlich ergriff Bernd wieder das Wort: „Sind Sie gestern jemandem begegnet?“

„Das hat der Herr Schürmann auch gefragt“, sagte Monika. „Leider konnte ich ihm auch nicht weiterhelfen. Ich bin wohl einigen Leuten begegnet, aber sie sind mir nicht aufgefallen. Ich kann sie eigentlich nicht beschreiben. Nur die Frau mit den praktischen Schuhen und dem Hündchen. Aber mehr weiß ich auch nicht von ihr. Herr Schürmann meinte, es wäre besser, die Entführung erst noch geheimzuhalten. Wenn er nicht weiterkäme, wollte er dann in der Zeitung darum bitten, daß die Frau sich meldet.“

„Was für eine Frau ist das denn?“ fragte Bernd.

„Weiß ich gar nicht. Ich meine immer, die sieht aus wie eine Lehrerin oder so. Sie scheint nett zu sein, wir haben uns schon öfter gesehen und auch mal ein paar Worte gewechselt, über das Wetter und so.“

„ Ach“, sagte Bernd, „bei welcher Gelegenheit denn?“

„Na, beim Spazierengehen. Sie hat mir erzählt, daß sie halbtags arbeitet, dann Mittagessen für ihren Mann, ihren jüngsten Sohn und sich kocht und dann mit dem Hund in den Wald geht. Eigentlich immer dieselbe Strecke – wie ich mit dem Kinderwagen halt auch immer die gleiche Runde mache. Gewohnheit oder so. Sie hat übrigens drei Kinder, zwei studieren schon, und der jüngste geht wohl noch zur Schule.“

„Da habt ihr euch aber schon ganz schön viel erzählt!“ meinte Dieter.

„Aber wie sie heißt, weiß ich eben nicht."

„Vielleicht geht sie ja heute auch ihre Runde", meinte Bernd. „Sollen wir vielleicht mal gucken, ob wir ihr begegnen?"

Monika stimmte sofort zu. „Ja, das ist eine sehr gute Idee!"

Dieter überlegte auch. „Ich werde dann zu Hause am Telefon bleiben. Vielleicht rufen die Entführer an."

Monika wandte sich Bernd zu: „Wann sollen wir uns treffen? Vielleicht so gegen zwei Uhr schon? Wir können ja am Hexenkapellchen auf sie warten. Sie kommt meist so gegen halb drei."

Bernd dachte nach. „Wäre es nicht besser, Sie gehen allein?" fragte er schließlich. „Ich könnte dann an meinem Schreibtisch auf Telefonanrufe warten. Außerdem muß ich dringend dafür sorgen, daß noch ein paar Kollegen eingesetzt werden. Bei uns ist nämlich überraschend ein Personalengpaß eingetreten. Ich meine, das ist mir natürlich schrecklich peinlich ..."

„Ach was", sagte Monika freundlich. „Dafür können Sie ja nichts. Wenn ich die Frau treffe, kann ich sie auch bitten, sich bei Ihnen zu melden. Das macht die bestimmt, ich glaube nämlich, daß sie wirklich nett ist."

„Gut", sagte Bernd.

Den Rest der Fahrt verbrachten sie schweigend. Jeder machte sich Gedanken darüber, was er an diesem Tag noch schaffen wollte. Dieter berechnete im Kopf, wieviel Geld er wie schnell besorgen konnte, falls tatsächlich eine Lösegeldforderung eintraf. Monika legte sich Worte zurecht, mit denen sie die Frau mit den praktischen Schuhen ansprechen wollte. Und Bernd versuchte verzweifelt, sich eine Strategie einfallen zu lassen, nach der er weiter vorgehen konnte. Nun, wenigstens konnte er gleich einmal ausfindig machen, wer in der Gegend um Buer ein kleines Töchterchen vermißte. Vielleicht lag die Antwort bereits auf seinem Schreibtisch.

Als Bernd das Ehepaar Josten vor der Haustür abgesetzt hatte, verabschiedeten sie sich schon fast wie gute Bekannte. „Wir bleiben also in Verbindung“, sagte Bernd. „Wenn Sie was hören, geben Sie mir Bescheid, und umgekehrt melde ich mich natürlich auch, wenn ich etwas Neues weiß.“ Jostens nickten. „Alles Gute!“ wünschte Bernd noch und fuhr los.

In seinem Büro lag keine einzige Nachricht auf dem Schreibtisch. Es war fast halb elf und schon ziemlich stickig in dem Zimmer, das er sich normalerweise mit Kolecki teilte. Bernd setzte sich als erstes an seinen Tisch und beschloß, direkt den Polizeipräsidenten anzurufen. Damit übersprang er zwar eine Stufe des Dienstweges, doch da die Angelegenheit so dringlich war, wollte er keine Zeit verlieren. Leider war der Polizeipräsident aber zu einer sehr wichtigen Sitzung nach Duisburg gefahren. Ausgerechnet nach Duisburg!

Bernd versuchte es jetzt doch mit dem Dezernatsleiter. Der war leider auch in Duisburg. Bernd telefonierte schließlich mit allen Sekretärinnen des Polizeipräsidiums, deren Chefs dienstlich oberhalb der Hauptkommissare angesiedelt waren. Entweder waren sie in Duisburg oder im Urlaub oder erklärten sich für nicht zuständig. Bernd kochte mittlerweile vor Wut. Es war schon bald halb zwölf, und er hatte noch überhaupt nichts Vernünftiges zustande gebracht. Schließlich rief er erneut den Polizeipräsidenten an und trug der Sekretärin auf auszurichten, daß er umgehend um Rückruf bäte. „Soso“, meinte diese etwas hochnäsig, schien sich aber seine Telefonnummer zu notieren.

Kurzerhand sprach er dann mit allen Polizeidienststellen in Gelsenkirchen, Kreis Recklinghausen, Bottrop und Herne. Es ging schon auf eins zu und noch immer hatte niemand ein sechs Monate altes Mädchen vermißt.

Eine Zeitlang saß Bernd ruhig auf seinem Stuhl. Ihm blieb nichts anderes übrig als zu warten – was ihm schwerfiel. Also versuchte er es kurzerhand beim Jugendamt. Ihm war eingefallen, daß seine Schwester und der Schwager immer Elternbriefe vom Jugendamt bekamen, genau auf das jeweilige Alter von Jonathan abgestimmt. Also hatten die dort wohl eine Liste aller Eltern in Gelsenkirchen, die nach dem Alter der Kinder geordnet war. Bernd brauchte eine ganze Stunde, bis er endlich die Zusage erhielt, daß diese Liste durchgefaxt würde. Allerdings bestanden von Seiten des Jugendamtes erhebliche Bedenken, weil man doch die Schweigepflicht verletzen würde und so etwas aus datenschutzrechtlichen Gründen nicht dürfe. Bernd telefonierte mit Amtsleiter und Justitiar, mit Hinz und Kunz, und hatte langsam das Gefühl, vor Wut zu platzen.

Um so verblüffter war er, als plötzlich einer der zahlreichen Telefonpartner versprach, ihm diese Liste (aber nur die sechs Monate alten Kinder!) zuzuschicken. Bernd verließ also sein Büro (nachdem er das Telefon auf die Kollegin vom Betrugsdezernat umgestellt hatte) und ging zum Faxgerät in der Poststelle.

Es dauerte endlos, bis das Fax kam. Bernd wurde immer ungeduldiger, aber die Zeit schlich zäh und doch unaufhaltsam voran, und es war schon fast halb drei, als er endlich wieder in seinem Büro war. Er hatte bei der Kollegin hereingeschaut und gefragt, aber niemand hatte für ihn angerufen. Der Polizeipräsident nicht, Jostens nicht, der Pathologe nicht, die Entführer nicht, niemand. Es war gräßlich!

Seufzend setzte Bernd sich hinter seinen Schreibtisch und begann die Liste der Eltern mit den jeweiligen Telefonnummern zu versehen. 247 Familien – eine Arbeit für jemanden, der Vater und Mutter erschlagen hat, dachte er, als er das Telefonbuch aufschlug und anfing. Trotzdem war er froh, daß er überhaupt etwas zu tun hatte.

Obwohl es ihm langwierig und zermürbend vorkam, die Telefonnummern herauszusuchen, war er schon fast fertig, als endlich etwas passierte. Es klopfte, und als sich die Tür auftat, erkannte er sofort die Frau mit den praktischen Schuhen und dem Hund, obwohl er sie ja noch nie vorher gesehen hatte. Sie sah wirklich aus wie eine Lehrerin – vielleicht um die fünfzig Jahre alt, kurze, schon grau werdende Haare, ein freundliches, aber sehr zurückhaltend wirkendes Gesicht, etwas strenger Rock und Bluse und tatsächlich sehr praktische Wanderschuhe. Außerdem hatte sie den Dackel mitgebracht.

„Bin ich hier richtig?“ fragte sie mit angenehm frischer Stimme. „Sind Sie Herr Kommissar Bosch?“ „Mein Name ist Bosch“, erwiderte Bernd freundlich, unterließ aber Erklärungen über seinen Dienstgrad.

„Sind Sie die Frau, die gestern Frau Josten im Wald getroffen hat?“

„Ja“, sagte sie, „mein Name ist Ostermann.“

„Setzen Sie sich doch! Sind Sie von Beruf Lehrerin?“

Frau Ostermann lachte. „Aber nein!“ rief sie. „Wär' ich aber gern geworden. Ich liebe Bücher. Ich bin in der Stadtbibliothek beschäftigt. Halbtags. Ich wohne in der Vom-Stein-Straße.“

„Ach ja“, sagte Bernd und begann, sich Notizen zu machen.

„Schrecklich, was da mit der Kleinen von Jostens passiert ist, nicht wahr?“ fuhr sie fort.

Bernd schaute sie überrascht an. „Kennen Sie Jostens?“ „Nein“, sagte Frau Ostermann, „beziehungsweise irgendwie schon, ich mein', wir haben uns nie miteinander bekannt gemacht, die junge Frau Josten und ich, aber ich wußte natürlich, wer sie ist. Ich mein', das weiß jeder in Buer.“

„Wieso?“ fragte Bernd.

„Naja, Jostens gehört doch halb Buer. Der alten Frau Josten, meine ich. Sie führt ja noch das Geschäft ihres Mannes ganz allein, wie man hört. Obwohl der Junge, der Dieter, wirklich ein sehr guter Geschäftsmann sein soll. Erst neulich haben die eine neue Filiale in Recklinghausen aufgemacht, und das in diesen Zeiten! Und Immobilien haben die Jostens wohl auch. Ich mein' natürlich die alte Frau Josten, den Jungen läßt sie wohl ans Geld nicht ran."

Bernd lächelte gewinnend. „Woher wissen Sie das alles?"

Frau Ostermann errötete. „Ach, ich hör' so manches. Ich komme halt aus Buer und kenn' jeden hier."

„Auch die junge Frau Josten?"

„Nein, die hat der junge Josten, der Dieter, von Dortmund geheiratet, glaube ich. Eine wirklich ganz reizende junge Frau, die junge Frau Josten."

„Und das Kind?" fragte Bernd.

„Schrecklich, nicht? Ich hab' gehört, es hatte eine Hirnblutung. Auf jeden Fall ist es schwerbehindert. Das soll wohl auch der Grund sein, weshalb die alte Frau Josten das Geschäft noch nicht abgegeben hat."

„Wieso das denn?" fragte Bernd verblüfft.

„Naja", sagte Frau Ostermann etwas verlegen, „sie hat wohl nicht vertragen, daß ihr einziges Enkelkind ein kleiner Krüppel ist. So sagt man." Besorgt musterte sie Bernds Gesichtsausdruck. „Sie halten mich jetzt bestimmt für eine fürchterliche Klatschtante, nicht wahr?" fragte sie. Bernd lächelte so gewinnend, wie er konnte.

„Zumindest bin ich überrascht, was Sie alles wissen", sagte er. „Frau Josten wußte über Sie fast nichts. Sie nannte Sie die Frau mit dem Hund." (Die praktischen Schuhe unterschlug Bernd lieber).

Die Frau lächelte versonnen.

„Dama s sobačkoj", sagte sie, „ein wunderbares Buch. Die Dame mit dem Hündchen. Ist aber eine Liebesgeschichte. Naja. Weswegen sollte ich eigentlich herkommen?"

„Ich wollte Sie ein bißchen befragen", sagte Bernd. „Halten

Sie es für möglich, daß Jostens selbst etwas mit dem Verschwinden des Kindes zu tun haben?"

Diese Frage war ihm einfach so herausgerutscht, und er bereute sie schon in diesem Moment. Frau Ostermann schaute ihn lange an. „Schwer zu sagen", antwortete sie schließlich. „Ich meine, es wär' ja verständlich, nicht wahr? Ist ja doch schlimm irgendwie, so ein schwerbehindertes Kind. Aber eigentlich kann ich es mir beim besten Willen nicht vorstellen. Wirklich nicht." Energisch schüttelte sie jetzt ihren Kopf. „Nein, ganz bestimmt nicht! Sehen Sie, als ich gestern am Hexenkapellchen vorbeikam, da saß sie so versunken ... Mir ist ein Gedicht eingefallen, naja, ein paar Zeilen aus einem Gedicht, und so wie in dem Gedicht war das:

Er ist ganz still, ist ganz bei mir,
will nirgends anders sein.
Die kleine Seele tritt heraus
und will in mich hinein."

Sie schwieg eine Weile. „Irgendwie innig war das", sagte sie. „Obwohl ...", sie zögerte.

„Was ist Ihnen noch aufgefallen?" fragte Bernd. „Ich hab' sie angesprochen, und da hat sie irgendwie komisch reagiert. Als ob sie sich schäme oder so. Ich weiß nicht, das war dann so ... irgendwie befremdend."

Bernd hatte sich die Gedichtzeilen notiert und war noch nicht ganz fertig.

„Sagen Sie", fragte Frau Ostermann leise, „ist das Kind ermordet worden? Ich mein', deswegen mußte ich doch jetzt zur Mordkommission, nicht wahr?"

„Nein. Das hat rein organisatorische Gründe. Sommerferien, wissen Sie?"

Die Frau atmete auf. „Ach so!" nickte sie.

„Haben Sie noch irgendwen getroffen?" fragte Bernd.

„Oh ja!" lächelte die Frau. „Einige."

„Wen denn?"

Sie überlegte. „Am Hexenkapellchen selbst war relativ viel los. Ich habe ein Pärchen gesehen, da ist der Mann mal Lehrer am Max-Planck-Gymnasium gewesen, der geht immer mit seiner Frau spazieren und hat sich auf der rechten Parkbank ausgeruht. Frau Josten saß auf der linken Parkbank. Außerdem war da ein Pärchen, die kannte ich nicht. Mittleres Alter, gut gekleidet. Dann hab' ich unten an der Westerholter Straße noch die drei Jugendlichen gesehen. Die seh' ich öfter, die treiben sich schon mal dort rum, aber auch am Busbahnhof. Tut mir dann immer so leid, wissen Sie? Der eine Junge heißt Christian. Er sieht noch sehr jung aus, aber schwänzt wohl oft die Schule. Die beiden anderen sind kein Umgang für den Jungen. Die sehen schon wie so Junkies aus. Aber um diesen blonden Bengel tut's mir leid. Er sieht irgendwie so ... anständig aus. Ich denk' immer, eigentlich müßte man mal das Jugendamt einschalten oder so. Irgendwas stimmt doch mit dem nicht, wenn der während der Schulzeit ständig da rumlungert. Vielleicht hat er ja auch schon die Schule beendet. Aber dann müßte er doch in eine Lehre. Wie gesagt, das tut mir immer leid, wenn ich den sehe. Er hat so eine nette Ausstrahlung. Wenn Sie wollen, können wir ja mal zum Busbahnhof, ist ja hier ganz in der Nähe, und mal sehen, ob wir ihn dort treffen. Wenn nicht, halt' ich mal in den nächsten Tagen die Augen offen und sag' Ihnen Bescheid, wenn ich ihn finde, ja? Naja, und dann hab' ich noch die Käthe Arndt getroffen, aber mehr zum Schluß von meinem Spaziergang, und mehrere Jogger und Fahrradfahrer waren unterwegs, aber an die kann ich mich nicht mehr erinnern."

„Das ist ja schon ziemlich viel", lobte Bernd. Er vollendete gewissenhaft seine Notizen, dann schaute er die Frau freundlich an. „Sollen wir mal am Busbahnhof gucken?“ fragte er hoffnungsvoll.

Sie brachen sofort auf. Das Rathaus stand in der warmen Nachmittagssonne auf der anderen Straßenseite, nicht weit vom Busbahnhof mit seinen Müll- und Hundehaufen. Hier, im Schatten von Bäumen und Gebüschen, hatten die Nichtseßhaften sich Bänke aus der Parkanlage herangezerrt und lagen oder saßen in kleinen Gruppen, um die die sauber gekleideten Bürger unauffällige Bögen machten. Nur die bronzene Frau in der Parkanlage am Busbahnhof schaute unbeirrt und vorurteilsfrei auf das Treiben hinab. Bernd und die Bibliothekarin standen noch auf der Verkehrsinsel in der breiten Goldberg-Straße, die das Rathaus vom Busbahnhof trennte, da zog die Frau ihn bereits aufgeregt am Arm. „Da“, flüsterte sie, „der kleine Blonde, da, sehen Sie, der ist es!“

„Da haben wir ja echt Glück!“ flüsterte Bernd zurück. Gemeinsam marschierten sie auf den Jungen zu. Als sie vor ihm standen, schaute dieser sie erschrocken an und versuchte dann, sich schnell zu verdrücken.

„Warte doch mal bitte!“ sagte Bernd eilig, „Ich wollte dich was fragen.“

Der Junge blickte sich gehetzt um. „Was ist denn los?“

„Brauchst keinen Schreck zu kriegen“, sagte Bernd. „Aber so auf offener Straße ist es mir auch nicht recht. Kann ich Dich vielleicht zu einem Eis oder meinetwegen auch zu einem Bier einladen?“

„Bier kommt ja wohl kaum in Frage“, meldete sich Frau Ostermann empört, „er ist doch noch ein Kind.“

Der Junge lachte. „Ich seh' jünger aus, als ich bin. Sagen alle. Ich bin schon siebzehn. Aber ich hätt' sowieso lieber ein Eis.“

„Gut“, meinte Bernd, „dann gehen wir ins Venetia!“

Frau Ostermann hüstelte. „Ich glaube, ich zieh' mich jetzt dezent zurück“, sagte sie zu Bernd.

Bernd strahlte sie dankbar an. „Vielen Dank, ja?"

Sie nickte: „Keine Ursache", und schon war sie mit schnellen Schritten davon.

„Was haben wir denn so unter Männern zu besprechen?" fragte der Junge neugierig, als sie zum Eiscafé gingen. Bernd versuchte, sich eine gute Strategie einfallen zu lassen, um dem Jungen Informationen zu entlocken, aber ihm fiel nichts ein. So entschloß er sich schließlich, einfach die Wahrheit zu sagen.

„Bitte hau jetzt nicht ab! Ich bin von der Polizei und will dich was fragen, weil ich hoffe, daß du irgendwas beobachtet hast, was …"

Der Junge wartete nicht weiter ab, sondern spurtete sofort los. Zum Glück hatte Bernd wenigstens das rasche Nachlaufen auf der Polizeischule gelernt und schnappte ihn schon nach wenigen Schritten mit einem festen Griff um den Oberarm.

„Hiergeblieben!" donnerte er. „Ich will dir ja nichts, ich will doch nur wissen, ob du mir vielleicht irgendwas sagen kannst, was mir weiterhilft."

„Was denn?" fragte der Junge.

„Wie heißt du eigentlich?" fragte Bernd. „Und soll ich lieber Sie sagen? Ich meine, ich wollte nicht unhöflich sein, ist mir nur so rausgerutscht mit dem Du."

Der Junge betrachtete ihn mit großen, noch sehr kindlich wirkenden Augen. „Sie können ruhig Du zu mir sagen", erwiderte er schließlich. „Ich heiße Christian. Ist das alles, was Sie von mir wissen wollen?"

„Nee", sagte Bernd. „Ich wollte nur wissen, ob dir gestern am Westerholter Wald irgendwas Besonderes aufgefallen ist. Da ist ein kleines Baby umgebracht worden, weißt du. Hast du irgendwen oder irgendwas gesehen, was von Bedeutung sein könnte?"

Der Junge hielt an. „Ein Baby ist umgebracht worden?“ flüsterte er fassungslos. Einen Moment schwieg er. Dann aber polterte er los.

„So eine Schweinerei! Solch'ne sollte man erhängen! Echt, da find' ich, sollte man wirklich keine Gnade mit haben.“

„Erst mal müssen wir ja rauskriegen, wer es war“, sagte Bernd. „Deshalb versuche ich, alle zu fragen, die gestern im Wäldchen gesehen wurden. Du warst doch auch da?“

Der Junge nickte. „Ich war da mit dem Pinky und der Lola“, sagte er. „Die sind heute beide nach Holland gefahren, wollen aber vielleicht morgen oder übermorgen wiederkommen. Wenn ich die seh, sag ich denen, daß sie sich bei Ihnen melden sollen.“

„Wie heißen die sonst noch?“ fragte Bernd und holte sein Notizbüchlein hervor.

„Weiß ich gar nicht. Ich kenn die nur hier vom Busbahnhof her.“ Inzwischen hatten sie das Eiscafé erreicht. Die Stühle und Tische standen auf dem Gehweg, halb überschattet durch einen Arkadengang. Es war laut durch die vorbeifahrenden Autos, dennoch strahlte das Eiscafé eine angenehme südliche Ruhe aus, unterstützt durch die Behäbigkeit des gegenüberliegenden Museums. Christian studierte ernst die Eiskarte. „Für wieviel darf ich?“ fragte er.

„Nimm den Teuersten!“ sagte Bernd. „Geht auf Kosten der Staatskasse.“ Das war gelogen. Er würde selbstverständlich das Eis und auch seinen Cappuccino selbst bezahlen, aber das brauchte der Junge nicht zu wissen.

Christian strahlte. „Dann nehm' ich Vesuvio“, erklärte er hocherfreut, „den wollte ich schon immer mal ausprobieren.“

„Und?“ fragte Bernd belustigt. „Noch nie dazu gekommen?“

„Nee“, sagte der Junge, „ich bin jetzt erst aus der Schule gekommen und hab' noch keine Lehre oder'n Job in Aussicht. Und meine Eltern haben's halt nicht so dicke. Aber ist nicht so schlimm.“

„Was würdest du denn gerne werden?“ fragte Bernd, obwohl das mit seinem Fall nun wirklich nichts zu tun hatte. Und so schlitterte er allmählich in ein langes Gespräch, bei dem der Junge immer offener und kindlicher wirkte. Mit leuchtenden Augen sprach er von seinen Traumautos und dem langgehegten Wunsch, Automechaniker zu werden, von der Freundin, die vor kurzem Schluß gemacht hatte, weil ein reicherer Junge sie abgeschleppt hatte („Der hatte echt ein ganz eigenes Auto, da konnte sie natürlich nicht widerstehen“) und davon, daß zu Hause zu wenig Platz sei, um den Tag herumzukriegen. Davon, daß es in der Schule eigentlich doch noch besser gewesen sei als die Langeweile am Busbahnhof, daß er sich aber nicht unterkriegen lassen würde und daß er schon neue Freunde gefunden habe, die nicht so auf ihn runterschauen würden wie die Kollegen aus der Klasse, die jetzt schon Lehrstellen hätten.

„Freunde wie Pinky und Lola?“ fragte Bernd zweifelnd.

„Brauchense gar nicht so den Kopf schütteln!“ ereiferte sich Christian. Bernd erfuhr, daß Pinky und Lola zwar gelegentlich mit Drogen zu tun hätten, aber wirklich nur gelegentlich und daß sie das voll im Griff hätten. Er erfuhr, daß die beiden echte Freunde waren, und je mehr Christian redete, desto deutlicher merkte Bernd, daß der Junge seine eigenen Worte nicht recht glaubte. Er verstummte, eine ganze Zeitlang kratzte er die letzten Reste aus seinem Eisbecher und starrte vor sich hin.

„Aber am liebsten hätte ich 'ne Lehrstelle“, sagte er schließlich traurig. „Dann käme alles andere schon von allein – Freunde, 'n Mädchen, später vielleicht 'ne eigene Wohnung, und man könnte als Geselle sogar für Möbel und so sparen.“

Bernd und der Junge schwiegen wieder. Dann fiel Bernd etwas ein. „Ich kenne jemanden bei Opel Derrntrei“, sagte er eifrig. „Soll ich den vielleicht mal fragen?“

Der Junge schaute ihn an und schüttelte den Kopf. „Da? Hat überhaupt keinen Zweck. Da kommt man nur mit Eins-A-Beziehungen rein. Die nehmen nur ihre eigenen Kinder und Neffen und so, von außen hat man da überhaupt keine Chance."

„Och", meinte Bernd, „fragen kostet doch nichts. Soll ich es mal versuchen?"

„Von mir aus", sagte Christian und nuckelte an seinem Eislöffel. „Ich heiße Christian Westerfänger. Ich wohn' Lehnbergstraße 19."

Er legte den Kopf schräg und Bernd hatte den Eindruck, als ob der Junge ihn jetzt sehr prüfend musterte. Er schrieb sich also Namen und Adresse in sein Notizbuch.

„Irgendwie Telefon?" fragte Bernd. „Nö", sagte Christian nur.

Bernd war überrascht, fragte aber nicht nach. „Ich melde mich auf jeden Fall, wenn ich was höre, O.K.?" sagte er.

Der Junge lehnte sich nachdenklich zurück und starrte auf die befahrene Straße. „Ich hab' gestern doch was gesehen, was vielleicht wichtig sein könnte", sagte er plötzlich.

„Was denn?" fragte Bernd.

Der Junge schwieg lange, so daß Bernd schon nach dem Grund fragen wollte. Irgend etwas hielt ihn aber davon ab, das Nachdenken des Jungen zu unterbrechen. Plötzlich gab Christian sich einen Ruck. Er beugte sich vor, rieb seine Hände nervös an den Oberschenkeln und sagte heftig errötend: „Ich hab' gestern ein merkwürdiges Auto gesehen. Ein dunkelblauer, fast schwarzer BMW 318 i, 'n Automatikwagen. Autonummer aus Bielefeld. Genaue Nummer hab' ich mir nicht gemerkt. Stand an der Westerholter Straße. Hatte so einen von diesen ultramodernen Stereotürmen von Philips. Sozusagen als Autoradio. Ziemlich geiles Teil."

„Wieso ist dir das Auto aufgefallen?" fragte Bernd. Das Gesicht des Jungen verschloß sich, er schaute nervös zur Seite.

„Tut jetzt nichts zur Sache", murmelte er. „Darf ich gehen?" Und schon sprang er auf und ging eilig fort.

Nachdenklich schaute Bernd ihm nach.

In seinem Arbeitszimmer schlug ihm eine unerträgliche Hitze entgegen. Auf dem Schreibtisch lagen zwei Zettel. Er sollte sofort den Dezernatsleiter Müller und den Gerichtsmediziner anrufen. Bernd entschied sich zuerst für den Gerichtsmediziner.

„Na endlich!" knurrte dieser, als er ihn am Telefon erreichte. „Unsereins will auch mal Feierabend haben!"

Bernd entschuldigte sich eifrig, und der Ton des Professors wurde freundlicher.

„Naja", sagte er. „Also, was die Kleine betrifft, eine abschließende Stellungnahme kann ich natürlich nicht geben, aber wissen Sie was? Es sieht auf den ersten Blick fast so aus, als sei sie verdurstet. Stellen Sie sich so was vor! Es paßt alles vorne und hinten nicht. Das Kind war ungefähr sechs Monate, gut ernährt, bester Pflegezustand, aber es scheint verdurstet zu sein. Normalerweise weisen vernachlässigte Kinder, die von den Eltern tagelang alleine gelassen werden, auch sonstige Hinweise auf Mißhandlung oder Vernachlässigung auf. Nichts! Bestens gepflegt, auch im Windelbereich. Dicke Fettschicht unter der Haut. Keinerlei Hinweise auf irgendeine Verletzung. Merkwürdig, nicht wahr? Nun, ich bin mal gespannt auf das Ergebnis der pharmakologisch-toxikologischen Zusatzuntersuchung. Ach ja, und noch was: Im Magen war gar nichts. Das arme Wurm muß also mindestens zwei Tage vor seinem Tod nichts gekriegt haben. Also, wie schon gesagt, bisher kann ich mir gar keinen Reim auf die ganze Sache machen. Höchstens, daß vielleicht jemand die Mutter umgebracht und das Kind vergessen hat und dann später die Leiche der Mutter beseitigen wollte und auch das Kind gefunden hat oder so? Naja, wie gesagt, alles höchst merkwürdig."

„Vielen Dank auf jeden Fall", sagte Bernd. „Wir bleiben in Verbindung."

Dann rief er den Dezernatsleiter an. Er erwischte aber nur die Sekretärin. „Ich soll Ihnen ausrichten, daß gleich morgen früh um acht eine Lagebesprechung bei Herrn Müller im Büro stattfindet", rief sie fröhlich. „Bis dahin sollen Sie schon mal ermitteln und versuchen, Ihren Kollegen aus dem Urlaub zurückzuholen."

Da Bernd gar nicht wußte, wie er seinen Kollegen hätte erreichen können, telefonierte er stattdessen nochmals alle Polizeireviere ab. Aber nirgendwo war ein sechs Monate altes kleines Mädchen als vermißt gemeldet worden.

Kurz entschlossen rief Bernd in Bielefeld an. Er bat um eine Liste aller BMWs, auf die Christians Beschreibung zutreffen konnte, und es gelang ihm sogar, einen Kollegen in Bielefeld zu überreden nachzuforschen, ob irgendeiner der BMWs am Montag in Gelsenkirchen hätte gewesen sein können.

Schließlich begann Bernd, seine Liste vom Jugendamt durchzutelefonieren.

Als er gegen 21 Uhr damit fertig war, war er heiser, ihm tat jeder Knochen weh und er fühlte sich elend. Er hatte 157 Eltern von sechs Monate alten Babys erreicht, aber keiner hatte einen Hinweis geben können, ob irgendwo ein Baby vermißt wurde. Zwölf mal hatte Bernd sich schlimme Beschimpfungen über seine üblen Rasterfahndungsmethoden anhören müssen, zwei Väter hatten überdies dienstrechtliche Konsequenzen angedroht. Zweimal war kommentarlos aufgelegt worden. Immerhin – 142 Eltern (überwiegend Mütter) hatten ihm aufmerksam zugehört und versucht, mit Auskünften zu helfen.

Es war ungeheuer anstrengend gewesen, aber trotzdem hatte Bernd den Eindruck, daß zwei von diesen 142 Telefonaten hilfreich gewesen waren.

Das eine hatte er mit einem Rechtsanwalt geführt. Nachdem Bernd seine Schwierigkeiten geschildert hatte, daß nirgendwo ein vermißtes Kind gemeldet sei, hatte dieser Rechtsanwalt ihn gefragt, ob das Baby nicht vielleicht ein aus dem Ausland eingeschmuggeltes Kind sein könnte.

„Man hört doch immer soviel über diese Adoptionsgeschäfte", sagte der Rechtsanwalt, „Rumänien oder Brasilien oder so. Gibt's doch schon mal. Wenn solchen Eltern ein frisch importiertes Kind verstirbt, trauen die sich vielleicht gar nicht, es ganz normal zu beerdigen."

Der zweite Hinweis ergab sich durch den Anruf bei einer Krankenschwester: „Sind Sie sicher, daß das Kind wirklich getötet wurde?" fragte sie, als Bernd geschildert hatte, daß eine kleine Leiche gefunden, jedoch kein Kind als vermißt gemeldet worden war.

„Wie meinen Sie das?" fragte Bernd.

„Na, so kleine Kinder können unglaublich schnell sterben. Gerade jetzt, bei dieser Hitze. Unsere Tochter hatte neulich einen ganz banalen Durchfall, aber sie war so elend, daß sie nicht richtig getrunken hat. Sie glauben gar nicht, in was für einem rasenden Tempo die regelrecht in sich zusammengefallen ist. Wir mußten sie in die Kinderklinik bringen, dort hat sie die ganze Nacht Infusionen bekommen. Da war nichts weiter drin als Flüssigkeit, aber ohne das wär' sie glatt verdurstet. Am nächsten Tag ging es ihr schon wieder so gut, daß man sich gar nicht vorstellen konnte, daß sie so schwer krank gewesen war. Aber so war es wirklich.

Allerdings ist meine Tochter ein Stillkind. Die nimmt nichts aus der Flasche, da können Sie sich auf den Kopf stellen und mit den Beinen wackeln. Tee hat sie einfach nicht akzeptiert. Und Milch ist ja wohl nicht gerade das Wahre bei Durchfall. Man sagt immer, Coca Cola und Salzstangen, aber geben Sie mal einem Baby Coca Cola!"

Insgesamt war seine Telefonaktion vermutlich ein einziger Flop, dennoch fühlte Bernd sich besser, weil er überhaupt etwas getan hatte, und außerdem hatte er so wenigstens irgendeine Theorie zu seinem Fall. Da es schon spät war, beschloß er, nach Hause zu gehen.

Vorher rief er noch kurz bei Jostens an, aber die hatten nur völlig vergebens vor dem Telefon gewartet.

„Versuchen Sie, ein bißchen zu schlafen!" sagte Bernd, aber Dieter Josten lachte nur spöttisch.

Zu Hause war Besuch. Andreas Bruder Sven trank gerade ein Weizenbier und lachte dröhnend, als Bernd hereinkam.

„Tach, Herr Kommissar!" rief er gutgelaunt. „Hör mal, ich hab 'nen Anschlag auf Dich vor. Kannste nicht am Wochenende mit anpacken? Ich könnt' vom Kumpel ein Gewächshaus haben und Mama ist doch schon lange scharf auf so'n Teil. Papa kann ja nicht mehr so." „Wenn ich Zeit habe, mach' ich mit", sagte Bernd, der seinen zukünftigen Schwager recht gut leiden konnte, „versprechen kann ich aber nichts. Wir haben nämlich einen Fall, und vielleicht muß ich auch am Wochenende arbeiten."

„Alles klar, Herr Kommissar", sagte Sven. „Andrea hat schon erzählt, ziemlich beschissen, das Ganze, geht um ein Kind, ne?" Bernd nickte. Er überlegte, ob er nicht besser darauf verzichten sollte, Alkohol zu trinken, andererseits ahnte er, daß er ohne ein Bier nicht schlafen würde, zu sehr rumorte das, was er erlebt hatte, in ihm. Da brachte ihm Andrea schon eine geöffnete Flasche und ein Glas. Nachdenklich nahm er einen ersten Schluck. Dann starrte er Sven an.

„Hör mal, Sven, könnt ihr bei euch nicht einen Lehrling gebrauchen? Ich habe heute so einen Jungen kennengelernt, der hat gerade die Schule aus und hängt ziemlich daneben. Er würde furchtbar gern Autoschlosser werden. Kannst du nicht bei euch im Betrieb mal fragen?"

Sven lachte höhnisch. „Sag mal, wo lebst du eigentlich? Unsere Lehrstellen sind längst alle weg. Von wegen – Bündnis für

Arbeit und so. Normale Jungs nimmt doch heute keiner mehr in die Lehre. Da kommen nur solche mit Superbeziehungen rein. Der Neffe von meinem Meister höchstpersönlich ist vor drei Tagen bei uns angefangen. Aber ich sag' dir was, das ist 'ne Pflaume! Zwei linke Hände, strohdoof und nix dazugelernt und dann noch aufgeblasen wie sonstwas. Aber Neffe vom Meister! Eigentlich wollte er ja studieren, aber dafür ist er wohl doch zu bekloppt. Jetzt lernt er bei uns. Aber für so'n Jungen von der Straße haben wir sicher keinen Platz. Was ist das denn für einer?"

„Hauptschulabschluß", sagte Bernd. „Scheint aus einem sehr einfachen Elternhaus zu sein. 17 Jahre. Irgendwie nett. Hängt jetzt immer am Busbahnhof rum."

„Bei den Pennern und den Junkies? Um Himmels willen, solche nimmt unser Chef sowieso nicht. Ist doch nur 'ne Frage der Zeit, bis die mit dem Klauen anfangen."

Wie so oft, verwickelten Sven und Bernd sich auch an diesem Abend in einen heftigen Disput über die jungen Leute von heute, über die Weltsituation und über die Politik und sowieso. Da aber Dienstag war, verabschiedete sich Sven doch noch relativ früh. Bernd war auch erschöpft, aber als er im Bett lag, berichtete er trotzdem alle Details des ereignisreichen Tages, während Andrea ihm nachdenklich zuhörte.

„Weißt du was?" fragte sie schließlich. „Die Idee mit dem Adoptionshandel, da würde ich weitermachen. Neulich hab' ich im Radio was gehört, da gibt's sogar eine internationale Einheit, die versucht, so illegale Adoptionsgeschäfte aufzuklären. Das war in Holland oder Belgien – ja, ganz bestimmt, Amsterdam oder Brüssel, ich bin ganz sicher."

„O.K.", murmelte Bernd, den jetzt bleierne Müdigkeit überfiel, „wenn es in Amsterdam oder Brüssel eine solche Kommission gibt, werde ich es morgen herausfinden."

Mittwoch

Obwohl die Nacht sehr unruhig und von wirren Träumen zerrissen gewesen war, war Bernd um 6 Uhr früh hellwach, sogar dankbar dafür, endlich aufstehen zu dürfen. Noch unter der Dusche gingen ihm die düsteren Worte nicht aus dem Sinn, die ihm im Laufe der Nacht eingefallen waren: „die kleine Seele tritt heraus ..."

Wohin war die kleine Seele geraten? Und vor allem, wer war schuld, daß sie den kleinen Körper verlassen mußte? Warum?

Bernd fühlte sich elend und irgendwie schuldig. Vor allem aber hatte er Angst vor dem Gespräch mit seinem Dienstvorgesetzten. Eigentlich sehnte er sich danach, von dieser viel zu großen Verantwortung entbunden zu werden, gleichzeitig aber fürchtete er die bevorstehende Kritik. Er war sicher, daß er am Vortag irgend etwas sehr Wichtiges unterlassen hatte, er wußte aber beim besten Willen nicht, was.

Andrea hatte Kaffee gekocht, sie sah ebenfalls blaß und übernächtigt aus. „Soll ich die Krankenhäuser anrufen, ob etwas aufgefallen ist?" fragte sie. „Vielleicht irgendwelche merkwürdigen Eltern mit einem ausgetrockneten Kind, die am Wochenende Hilfe haben wollten und keinen Rat wußten?"

„Laß das mal", antwortete Bernd müde. Er wollte noch bei Jostens anrufen, bevor er zu seinem Vorgesetzten ging, aber auch der Gedanke, mit diesen beiden zu sprechen, verursachte ihm Bauchschmerzen.

„Kannst du vielleicht herausfinden, woher das komische Gedicht von dieser Bibliothekarin stammt? Das, wo vom Heraustreten der Seele die Rede ist?"

„Oh ja!" rief Andrea, froh, etwas tun zu können. „Das mache ich. Vielleicht kommt heute der Tobias zum Kindergarten. Die Mutter ist Lehrerin. Die wird es vielleicht wissen. Schreib mir doch noch mal das Gedicht auf, ja?"

Bernd schrieb also die vier Zeilen aus dem Notizbuch ab und gab sie seiner Freundin. „Sonst könnte ich ja noch mal die Frau Ostermann anrufen", meinte er nachdenklich.

„Ich seh' mal, ob ich was rauskriege. Ich mein', letztendlich ist das Gedicht ja nicht so wichtig."

Eine Weile frühstückten sie schweigend.

„Der Lehrer", sagte Bernd unvermittelt. „Ich hab vergessen, den Lehrer vom Max Planck zu befragen. Scheiße. Vielleicht kennt der das andere Pärchen."

„Frag doch heute!" sagte Andrea. „Hör mal, ich muß mich jetzt so langsam startklar machen, du am besten auch."

Auf dem Weg zum Polizeipräsidium fuhr Bernd kurzerhand bei Jostens vorbei. Erst hatte er Angst zu schellen. Es war noch früh, und über der Nienhofstraße hing der Zauber eines herrlichen Sommermorgens. Bernd war überrascht, daß er aus den Gärten so laut das Vogelgezwitscher hören konnte. Es war eine angenehme Luft unter den großen alten Bäumen, und die ganze Straße sah ruhig, friedlich und ehrwürdig aus. Wie blank geputzt der Himmel, in vornehmer Stille die alten Häuser. Bernd klingelte dann doch. Fast sofort wurde geöffnet, und wieder blickte er im kühlen Hausflur in das erwartungsvolle Gesicht der jungen Frau Josten.

Mein Gott, dachte Bernd erschrocken, wie sehr das Warten

diese Frau mitnimmt. Ihr Gesicht sah nicht mehr auffallend hübsch, sondern nur noch verhärmt und verweint aus. Trotzdem lächelte sie Bernd hoffnungsvoll entgegen: „Gibt es etwas Neues? Kommen Sie doch bitte herein! Darf ich Ihnen etwas anbieten? Vielleicht eine Tasse Kaffee? Ich habe gerade frischen. Oder mögen Sie vielleicht ein Hörnchen?“

Bernd lehnte beides ab. Es tat ihm leid, als er ihr mitteilen mußte, daß er überhaupt nichts Neues wußte, und als er ihr Gesicht sah, in dem die Hoffnung erlosch.

„Wir wissen auch nichts“, sagte Dieter, der hinter seiner Frau aufgetaucht war. „Aber kommen Sie doch bitte trotzdem herein. Können wir Ihnen wirklich nichts anbieten?“ Obwohl Bernd es eilig hatte, blieb er noch ein wenig. Hinterher im Auto stellte er fest, daß es nur fünf Minuten gewesen waren, aber diese kurze Zeit hatte gereicht, um den beiden etwas Mut zu machen. Vielleicht hatten die Entführer nur vor, die jungen Eltern richtig weich zu kochen, damit die dann auch einer hohen Lösegeldforderung zustimmen würden. Besonders Dieters Gesicht leuchtete auf, als das Stichwort Lösegeld auftauchte.

„Ich habe noch einmal alles durchkalkuliert. Meine Mutter würde auch eine Geldentnahme von drei Millionen akzeptieren“, sagte er. „Ich persönlich bin bereit, alles zu geben, die ganze Firma. Ich bin schließlich Alleinerbe. Aber vielleicht reichen ja drei Millionen.“

„Bestimmt“, meinte Bernd, „das ist ja schon viel mehr Geld, als die meisten Menschen sich vorstellen können.“

Dieter nickte. „Ich habe gestern sogar vom Konkurrenten aus Düsseldorf – den kenne ich von Fachmessen – ein sehr gutes Stellenangebot bekommen, falls ich wirklich verkaufe. Stellen Sie sich vor – ich bliebe dann für dieselben Filialen der Geschäftsführer wie jetzt auch und bekäme noch tausend Mark im Monat mehr als jetzt von meiner Mutter!“

„Mein Gott“, murmelte Monika, „daß du überhaupt über

solche Sachen nachdenken magst! Aber ist ja richtig und gut, daß du das machst. Ich könnte das nicht."

„Nee, Maus", sagte Dieter zärtlich, „paß mal auf, alles wird gut, und unsere kleine Jessi kriegen wir auch wieder. Wollen Sie noch Photos haben?" wandte er sich an Bernd.

„Ich glaube, es sind genug in der Akte", sagte Bernd eilig. Es waren wirklich etliche gewesen. Er nutzte die etwas entspanntere Atmosphäre, um sich zu verabschieden.

Auf seinem Schreibtisch lag keine einzige Nachricht, die ihm hätte weiterhelfen können. Unerbittlich ging es jetzt auf acht Uhr zu und er mußte gehen, um rechtzeitig im Büro des Vorgesetzten zu sein.

Zu allem Überfluß war dort auch der Staatsanwalt anwesend, ein schon etwas graumelierter, schlanker, hochgewachsener Mann mit soldatischer Haltung und strengem Gesicht. Müller lächelte und bat Bernd, Platz zu nehmen. Auch der Staatsanwalt setzte sich in einen der schwarzen Ledersessel. Bernd atmete tief durch und sagte sich, daß alles, auch ein böser Anpfiff mit anschließender Zwangsversetzung, besser sei, als weiter die Verantwortung in diesem schrecklichen Fall tragen zu müssen.

„Herr Staatsanwalt Dr. Schulte-Loh hat mich gebeten, bei diesem Informationsaustausch dabei sein zu dürfen", eröffnete Müller das Gespräch. „Er wird auch gleich um halb zehn die Pressekonferenz abhalten. Ich würde ja furchtbar gerne selbst anwesend sein, bin aber leider verhindert. Doch ich hoffe, Herr Dr. Schulte-Loh wird dank Ihrer Vorarbeit auch ohne uns auskommen können, nicht wahr, Herr Bosch?"

Bernd schluckte. Pressekonferenz! Daran hatte er ja noch überhaupt nicht gedacht.

„Erzählen Sie mal!" schnarrte der Staatsanwalt.

Bernd nahm also sein Notizbuch und erstattete Bericht. Da er schon am Vorabend mit Andrea alles haarklein besprochen hatte, mußte er nicht ein einziges Mal seine Notizen zu Hilfe nehmen, selbst die Beschreibung des teuren Autoradios konnte er aus dem Gedächtnis wiedergeben. Sein Bericht dauerte erheblich länger, als er geglaubt hatte. Dennoch wurde er nicht einmal unterbrochen. Beide Männer, die doch so sehr viel mehr Lebenserfahrung und Fachkenntnis hatten als er, schauten ihn aufmerksam an und hörten nur zu. Bernd schloß mit einer Kurzfassung der Telefonaktion und den beiden Theorien, die sich in ihm im Laufe der Nacht festgesetzt hatten.

„Vielleicht", so beendete er seinen Bericht, wobei plötzlich wieder Nervosität in ihm aufkeimte, „vielleicht ist dieses Kind ja aus dem Ausland hierher gebracht worden, um hier adoptiert zu werden. Ausgerechnet am Wochenende hat die Kleine dann jegliche Nahrung verweigert, vielleicht, weil ihr alles so fremd war, und ist dadurch verdurstet. Und weil die Adoption nicht oder noch nicht ganz legal war, haben die Menschen, die sie hierher gebracht haben, sich nicht getraut, in ein Krankenhaus mit ihr zu gehen. Und als sie starb, haben sie erst recht nicht gewagt, die kleine Leiche zum Bestatter zu bringen. Ich habe gehört, daß es eine internationale Kommission für Adoptionsgeschäfte geben soll. Meinen Sie, es hätte Sinn, dort Erkundigungen einzuziehen?"

„Ausgezeichnete Idee", sagte Müller. „Ich glaube, ich hab' die Adresse irgendwo. Ich habe mal einen Vortrag von einem Holländer gehört zu diesem Thema. Sah aus wie ein großer Junge, hat aber brillant referiert. Ich frage mal eben Frau Münch, damit sie mir die Adresse raussucht."

Müller stand auf und ging an seinen Schreibtisch. Dort sprach er über die Gegensprechanlage mit seiner Sekretärin, während der Staatsanwalt sich vorbeugte.

„Geben Sie mir noch mal die Eckdaten für die Pressekonferenz", sagte er halblaut und begann jetzt, sich Notizen zu machen. Bernd wiederholte in Stichpunkten, was er soeben vorgetragen hatte. Der Staatsanwalt nickte zufrieden, dann zeichnete er entschieden einen Strich unter seine Notizen.

„Jetzt zu der kleinen Josten", sagte er. „Gibt es irgendeinen Zusammenhang zwischen den beiden Fällen?"

„Vielleicht haben die Möchtegern-Adoptiveltern das tote Kind verscharrt und dann die kleine Josten gesehen und mitgenommen", sagte Müller.

Bernd schwieg. „Sollen wir überhaupt irgendetwas über die kleine Josten an die Presse geben?" fragte Müller den Staatsanwalt.

Der machte ein fragendes Gesicht. „Was meinen Sie denn?"

„Besser nicht", entschied Müller. „Vielleicht steckt ja doch bloß eine Lösegeldforderung dahinter. Was mich nur stutzig macht, ist, daß die Entführer sich nicht melden."

„Ich meine trotzdem, daß wir beide Fälle erst einmal gemeinsam bearbeiten sollten", sagte der Staatsanwalt. „Vielleicht gibt es ja doch einen Zusammenhang. Wäre auf jeden Fall merkwürdig, diese Häufung von Zufällen."

„Wahrscheinlich kann der Gerichtsmediziner feststellen, wie lange die Kleine ungefähr im Wald gelegen hat", sagte Müller. „Die können heute ja unglaublich viel analysieren und nachweisen. Oder die Spurensicherung. Fragen Sie doch mal nach, Herr Bosch."

Bernd holte tief Luft und setzte dann zu seiner dringlichsten Frage an: „Es tut mir leid, wenn ich irgend etwas nicht richtig gemacht habe. Ich möchte Sie bitten, den Fall jemand anderem zu übertragen. Bei uns in der Mordkommission ist nämlich zur Zeit ein ziemlicher Personalmangel."

Müller lachte zynisch. „Nicht nur bei Ihnen, mein Lieber! Berücksichtigen Sie bitte, daß wir Sommerferien haben. Dreißig Prozent unserer Leute sind im Urlaub. Vierzehn Prozent haben zur Zeit einen Krankenschein. Haben Sie übrigens Kollecki erreicht?"

Bernd schüttelte den Kopf. „Das ist zwecklos, er ist mit seinem Segelboot auf dem Ijsselmeer und hat mir vorher schon gesagt, daß er kein Telefon mitnimmt."

Müller lachte. „Schweinebande! Schürmann ist auch nicht zu erreichen. Dem werd' ich aber kräftig einheizen, wenn der wieder auftaucht. Da fehlt die komplette Mannschaft. Nicht zu fassen! Am besten, wir machen die Polizei in den Sommerferien genauso zu wie die Schulen oder die großen Betriebe. Und dann jetzt noch diese Geschichte mit Duisburg. Es ist wirklich zum Mäusemelken."

„Was ist denn da?" fragte Bernd.

Müller und Schulte-Loh schauten sich nachdenklich an. Dann seufzte Müller achselzuckend. „Wir konzentrieren uns zur Zeit auf einen großen Schlag gegen das organisierte Verbrechen. Gelsenkirchen ist da leider auch tangiert. Wir können uns jetzt unmöglich ausklinken, zumal ein Teil der Aktion hier in Gelsenkirchen laufen soll."

„Aha", sagte Bernd, fühlte sich aber nicht wesentlich schlauer als zuvor.

„Tja", sagte Schulte-Loh. „Irgendwie müssen Sie wohl bis Montag als Ein-Mann-Betrieb über die Runden kommen. Tut uns leid."

„Das geht nicht!" rief Bernd entrüstet. „Ich bin Anfänger! Ich kann unmöglich so viel Verantwortung übernehmen. Ich weiß ja gar nicht, was ich machen soll!"

„Machen Sie weiter wie bisher", sagte Müller. „Sie machen das ganz prima." In diesem Moment kam die Sekretärin herein. Sie lächelte höflich und gab ihrem Chef zwei Zettel, bevor sie diskret wieder aus dem Zimmer eilte. Müller warf einen Blick auf beide Zettel und reichte einen davon an Bernd weiter.

„Hier", sagte er, „Adriaan Sloterdijk, das ist dieser Typ aus Amsterdam, der sich mit internationalen Adoptionsgeschäften befaßt. Rufen Sie den doch einfach mal an. Wer weiß, vielleicht haben die in Holland gerade keine Schulferien." Müller lächelte. „Ich weiß, ich bin ein bißchen unhöflich, aber ich muß jetzt wirklich weg. Sind noch Fragen?"

Der Staatsanwalt entfaltete seine langen Beine und stand auf. „Viele", sagte er. „Aber so wie ich das sehe, kann keiner von Ihnen beiden diese Fragen zur Zeit beantworten." Er drückte Bernd die Hand. „Rufen Sie mich an, wenn Sie Neues hören, sowohl von der kleinen Josten, als auch von dem toten Baby. Ich bin sicher, es gibt einen Zusammenhang. Ansonsten alles Gute. Wenn ich Ihnen irgendwie hilfreich sein kann, melden Sie sich, ja?"

Verdattert starrte Bernd ihn an. Aber bevor noch er richtig verstanden hatte, daß die Besprechung vorbei war, hatte man ihn schon nach draußen bugsiert.

Im Zimmer hinter ihm schauten sich die beiden zurückbleibenden Männer nachdenklich an. „Netter Junge", sagte Schulte-Loh schließlich, „aber was Sie hier machen, ist unverantwortlich. Ich möchte nicht in Ihrer Haut stecken, wenn herauskommt, daß ein Mord an einem Baby und die Entführung einer reichen Geschäftsleute-Tochter praktisch unbearbeitet bleiben."

„Was soll ich denn machen?" rechtfertigte sich Müller. „Wenn es wenigstens Sinn machen würde, die Duisburger Aktion dranzugeben. Aber ich habe schon bei der Spurensicherung nachgefragt, wir haben nichts, aber auch gar nichts, was zusätzliche Leute überhaupt tun könnten. Zeugenbefragung macht der Junge doch sowieso schon ganz ordentlich, und wenn ich noch ein paar Männer abziehe, kommt, soweit ich das im Moment überblicke, sowieso nicht mehr dabei herum."

„Das sind also die modernen Arbeitsmethoden der Polizei. Soso. Aber mal unter uns gesagt – wenn Sie nichts herausfinden, ist es immer noch besser, nachweisen zu können, daß ganz viele kompetente Leute den Fall bearbeitet haben, als wenn sich herausstellt, daß ein bleicher, vor Angst schlotternder Jüngling die Aktenberge anstarrt."

„Das tut er ja nicht. Er geht doch ganz gewissenhaft an die Sache heran. Und Montag, nein, Samstag schon kann ich eine anständige Sonderkommission bilden. Recklinghausen wird dann auch mit einsteigen. Nur bis Samstag muß es halt warten. Wir haben seit anderthalb Jahren auf die Offensive hingearbeitet, ich kann das doch jetzt nicht platzen lassen."

„Gebe Gott, daß diese Entscheidung nicht das Todesurteil für die kleine Josten ist. Naja, vor allem müssen wir erst mal verhindern, daß etwas an die Presse kommt."

„Das wird nur schwer möglich sein. Das Fernsehen kommt auch gleich."

„Gut. Wir werden alle Reporter verpflichten, erst einmal stillzuhalten, weil noch eine Entführung dranhängt. Wir werden dann Samstag oder vielleicht auch erst Montag richtig groß an die Medien gehen und ihnen das jetzt in Aussicht stellen. Vielleicht reicht es ja, wenn ich die Pressekonferenz ein bißchen geheimnisvoll mit Andeutungen spicke."

„Es wäre auch wichtig, daß nach wie vor nichts von der Offensive nach außen sickert. Dieser Bosch darf auf keinen Fall mit anderen Kollegen quatschen und sich beschweren, daß ihm keiner hilft."

„O.K. Nach der Pressekonferenz geh' ich mal zu ihm und baue ihn moralisch ein bißchen auf. Dann hält er bestimmt erst mal still. Aber wehe Ihnen, Ihre Offensive wird ein Flop! Dann reiße ich Ihnen persönlich die Ohren ab!"

„Die Offensive wird kein Flop. Im Gegenteil, das wird der Coup des Jahres, zumindest hier in Gelsenkirchen. Wenn wir jetzt nicht auf den letzten Drücker was falsch machen, gelingt uns ein ganz dicker Fischzug."

„Naja, Ihr Wort in Gottes Ohr. Müntjes hat mir schon ein

paar Details berichtet. Er ist ganz hingerissen von Ihren Plänen. Ich bin ja eher skeptisch. Na, jetzt ist erst mal wichtig, die Presse zu vertrösten und den Kleinen bei der Stange zu halten, damit er nicht herumläuft und überall herausposaunt, daß der Fall gar nicht richtig bearbeitet wird. Ich gehe dann jetzt. Man sieht sich."

„Man sieht sich", erwiderte Müller.

Als Bernd in sein Büro kam, fand er zwei Nachrichten auf seinem Schreibtisch. Eine war die Bitte, Andrea in ihrem Kindergarten anzurufen, die andere Nachricht kam vom Gerichtsmediziner. Auch diesen sollte er zurückrufen. Bernd machte sich einen Notizzettel, was er außerdem erledigen wollte:

– Adriaan Sloterdijk anrufen
– Frau Ostermann anrufen
– Spurensicherung anrufen
– in Bielefeld nachfragen.

Mehr fiel ihm erst einmal nicht ein. Deshalb griff er zum Telefon und rief den Gerichtsmediziner an. Dieser teilte ihm mit, daß das tote Baby Durchfall gehabt hatte, der Erreger jedoch noch nicht feststehe. Er sei aber fast bereit, darauf zu wetten, daß es sich um sogenannte Dyspepsie-Coli-Bakterien handele. Sicher könne man allerdings erst in zwei Tagen sein.

„Können Sie etwas darüber sagen, wie lange das Baby im toten Zustand im Wald gelegen hat?" fragte Bernd.

Zu seiner großen Überraschung konnte der Gerichtsmediziner das. „Also, das Kind ist tatsächlich in der Nacht von Sonntag auf Montag gegen 2 Uhr früh verstorben. Nageln Sie mich bitte nicht auf eine exaktere Uhrzeit fest, können zwei bis drei Stunden mehr oder weniger gewesen sein. Das ist aber ganz sicher – zwischen 23 und 5 Uhr. Ein anderer Zeitpunkt ist gänzlich ausgeschlossen. In den Wald wurde es aber erst nach vollständiger Ausbildung der Totenflecken gelegt. Also frühestens am Montag gegen Mittag. Das schließe ich daraus, daß das Kind auf dem Rücken liegend vorgefunden wurde, jedoch die Totenflecken auf der rechten Seite vermehrt vorhanden sind, es also vermutlich die ersten Stunden nach Eintritt des Todes in Seitenlage verbracht hat."

„Vielen Dank", sagte Bernd, „dieser Hinweis ist sehr wichtig."

„Ja, sicher", sagte der Professor. „Wissen Sie, wenn dieses andere Kind am frühen Nachmittag des Montags entführt wurde, könnte doch vielleicht ein Zusammenhang bestehen, nicht wahr?"

„Genau", sagte Bernd. „Ich wollte auch gleich die Spurensicherung deswegen anrufen, ob die etwas über den Zeitpunkt sagen können, zu dem das Kind im Wald verscharrt wurde."

„Noch was", sagte der Professor. „Ich glaube, daß das Kind ein Stillkind war. Zumindest die Muskulatur im Wangenbereich scheint mir doch kräftiger als bei einem Flaschenkind. Und eigentlich war das Kind sogar ein bißchen übergewichtig. Und es hatte ein Saugbläschen an der Oberlippe, wie bei Stillkindern halt."

Bernd fühlte sich jetzt richtig elend. „Ja, danke für den Hinweis", murmelte er.

„Das könnte für das Motiv der Entführung sehr wichtig sein", fuhr der Professor fort. „Stillende Mütter haben vielleicht doch eine stärkere Bindung an ihr Baby als andere. Manche sind ja richtige Fanatikerinnen. Stellen Sie sich vor, einer solchen fanatischen Stillerin stirbt ihr Baby – sie klaut einfach ein neues!"

„Ich glaube nicht, daß man das so ohne weiteres behaupten kann", sagte Bernd, „Manche Frauen stillen ihre Kinder und sind trotzdem ganz normal. Eigentlich alle stillenden Frauen, die ich so kenne."

„Jaja, nichts für ungut, war ja nur Spekulation. Aber trotzdem – heutzutage kann man nicht wissen. Übrigens wäre das gar nicht so neu. Brauchen Sie nur in die Bibel zu gucken – schon der alte Salomon mußte so einen Fall lösen. Brecht hat dann den kaukasischen Kreidekreis aus dieser Geschichte gemacht. Ich habe gehört, daß dieses Motiv – Mutter klaut Baby, weil ihr eigenes gestorben ist – in vielen Kulturen der Welt verarbeitet wurde. Wäre also nicht das erste Mal unter der Sonne, daß es so ein Motiv gäbe. Das wäre auch eine Erklärung dafür, daß die Mutter des toten Kindes ihr Baby nicht richtig beerdigt, sondern im Wald verscharrt hat. In ihrem eigenen Selbstverständnis hat sie ja gar kein Kind verloren, nicht wahr?"

Bernd brummte zustimmend und der Professor fuhr in seinem Redefluß fort.

„Man fragt sich natürlich unwillkürlich, was das wohl für eine Mutter sein könnte, aber das ist natürlich klar, daß jemand schon schwer gestört sein muß, um ein solches Verbrechen zu begehen."

„Zumindest hieße das, daß die kleine Jessika erst mal außer Gefahr ist, denn die Mutter des toten Babys wird sie ja dann doch mit Liebe und Hingabe versorgen, oder?" warf Bernd ein.

„Oh, das ist meines Erachtens keineswegs gesagt. Sie kann ja schwer pathologisch sein, seelisch gesehen, meine ich. Stellen Sie sich vor, das Baby entspricht nicht ihren Erwartungen – schreit zum Beispiel stundenlang. Bis sie es entnervt loswerden will. Und? Was macht sie dann?"

Bernd blieb still. Hatte er eben noch eine Art Belebung gespürt, weil so etwas wie ein logischer Zusammenhang zu erkennen gewesen war, fühlte er sich jetzt bei dem Gedanken an eine existentielle Bedrohung der kleinen Jessika wieder sehr elend.

„Vielen Dank erst mal", murmelte er, aber der Professor wollte noch etwas loswerden.

„Zumal ja vielleicht davon auszugehen ist", fuhr er einfach in seinen Gedanken fort, „daß die Entführerin gar nicht mit einem schwerbehinderten Kind gerechnet hat. Irgendwann wird sie ja dahinterkommen, daß das Kind eine Halbseitenlähmung hat und nicht ganz normal reagiert. Was meinen Sie wohl, wie sie mit solch einer Kränkung ihres Mutterstolzes umgeht, wenn sie schon ihr eigenes Baby einfach verdursten läßt? Ich glaube, sie hat dem Kind die Brust geboten, weil es schrie und es dann aus Wut über das häufige Schreien – das Kind war ja krank – sozusagen aus erzieherischen Gründen für eine Nacht beiseite gestellt – in den Keller vielleicht. Hat vielleicht gar nicht mitgekriegt, wieviel Wasser ihr Baby durch den Durchfall verloren hat. Irgendwann schreit das Baby nicht mehr – vor Entkräftung natürlich – und sie sagt stolz zu ihrem Mann: ‚Siehst Du, war doch richtig' und geht selbst ins Bett. Kann doch sein? Und am nächsten Morgen ist das Baby halt tot."

„Und der Mann?" fragte Bernd. „Meinen Sie, ein Vater läßt es zu, daß sein Kind verdurstet?"

„Aber sicher doch. Die Männer kümmern sich in der Regel um so was nicht. Ich meine, überall heißt es zwar ‚neuer Mann' und ‚neue Väterlichkeit', aber wissen Sie, wie entnervend Babygebrüll sein kann? Und wenn die Mutter sagt: ‚Wir lassen es jetzt einfach mal schreien', werden Sie kaum einen Mann finden, der es überhaupt wagt, sich diesem Entschluß entgegenzustellen. Bestimmt, glauben Sie mir!"

Nach diesem Telefonat saß Bernd noch ein Weilchen still und starrte in die Luft. Er dachte an seinen kleinen Neffen Jonathan und an seine Schwester, die sich seit der Geburt des Kindes so sehr verändert hatte. Nicht nur zu ihrem Vorteil. Etwas Erstikkendes, Überfürsorgliches war ihm schon seit Wochen an ihr aufgefallen, die Tyrannei, mit der sie jetzt Stille und vorsichtiges Benehmen von allen Besuchern verlangte, ihren Mann zum Rauchen auf den Balkon schickte, und auch der missionarische Eifer, mit dem sie das Stillen als einzige Ausdrucksform richtiger Mutterliebe darstellte. Aber seine Schwester würde nie und nimmer den süßen, hilflosen kleinen Jonathan schreien lassen, noch dazu nächtelang. Eigentlich verlor sie schon bei einem ganz winzigen Gebrüll völlig die Nerven und überlegte gleich, ob sie nicht besser zum Kinderarzt mit ihm gehen solle. Seine Mutter, hingegen predigte ihr immer wieder, daß man kleine Kinder auch ruhig einmal weinen lassen sollte. Bernd malte auf seinem Notizblock lauter kleine Kringel – kaukasische Kreidekreise, dachte er plötzlich und zog die Hand zurück.

Dann rief er Andrea an. Es dauerte länger, als seiner Ungeduld lieb war, weil Andrea gerade das Zähneputzen einer Horde von unruhigen Kleinkindern überwachte, aber endlich war sie am Telefon.

„Ich hab' mit der Mutter von Tobias gesprochen", rief sie aufgeregt, „aber sie kennt das Gedicht leider nicht. Sie unterrichtet nämlich Mathe und Erdkunde und interessiert sich nicht so für Literatur. Sie will nach den Schulferien mal im Lehrerkollegium nachfragen. Aber so lange können wir unmöglich warten! Wann kommst du heute?"

„Weiß ich noch nicht", sagte Bernd. „Aber ich habe die Adresse von dem Menschen, der bei dieser internationalen Kommission für Adoptionshandel tätig ist."

„Oh, super! Mensch, ruf gleich da an! Ja? Wie war eigentlich deine Besprechung?"

„So lala. Stell dir vor, ich kriege erst Montag Verstärkung. Aber erzähl das bloß niemandem, wir blamieren uns hier ja bis auf die Knochen, wenn rauskommt, daß an so einem Fall nur ein einziger arbeitet."

„Nee, auf mich kannst du dich voll verlassen. Ich hab' hier niemandem auch nur ein Sterbenswörtchen verraten. Ich kann dichthalten."

„So?" meinte Bernd zweifelnd.

„Na klar, brauchst du gar nicht so doof zu fragen. Wenn du

den Fall gelöst hast, ha, dann posaun' ich das natürlich überall herum. Aber bis dahin hast du mein ganz großes Indianerehrenwort, daß ich kein Sterbenswörtchen verrate."

„Gut", sagte Bernd, „also bis dahin."

„Bis dahin."

Danach rief er in der Stadtbücherei an. Frau Ostermann mußte erst geholt werden, war aber relativ rasch am Apparat. „Hallo, hier Bosch, wir haben uns gestern kennengelernt."

„Jaja", sagte Frau Ostermann, „ich kann mich selbstverständlich noch sehr gut an Sie erinnern, Herr Kommissar. So etwas erlebt man schließlich nicht alle Tage."

Bernd überhörte den falschen Titel und ging direkt zu seiner Frage über.

„Sagen Sie, Frau Ostermann, dieses Lehrerehepaar, haben Sie vielleicht zwischenzeitlich eine Idee gehabt, wie ich die beiden finden könnte?"

„Oh ja, mir ist eingefallen, wo sie wohnen. Sie wohnen in der Goethestraße, in dem Häuserkomplex, der so hufeisenförmig angelegt ist. Muß so ziemlich in der Mitte von dem Stück sein, das zwischen Schillerstraße und Vom-Stein-Straße ist."

„Ach ja, vielen Dank. Den Namen wissen Sie nicht zufällig?"

„Nein, beim besten Willen nicht. Aber ich habe den Mann schon mal gesehen, wie er in die Mülltonnen dort seinen Abfall geworfen hat. Also wird er wohl da wohnen."

„Ah, ja, vielen Dank. Noch was: dieses Gedicht, woher hatten Sie das?"

„Welches Gedicht?"

„Na, von diesem sterbenden Kind!"

Frau Ostermann gab ein überraschtes Geräusch von sich. „Sterbendes Kind? Gedicht? Ich weiß jetzt wirklich nicht, worauf Sie hinauswollen."

Bernd blätterte in seinem Notizbuch, bis er die Zeilen wieder vor Augen hatte. „Die kleine Seele tritt hinaus und will zu mir herein."

„Um Himmels willen, da geht es doch nicht um ein sterbendes Kind!" rief Frau Ostermann entsetzt aus. „Es geht um eine besondere Innigkeit, wie man sie nur ganz selten überhaupt erlebt – etwa im Spiel mit einem Kind. Das ist doch ein ganz bekanntes Gedicht! Kennen Sie denn den kleinen Häwelmann nicht? *Leuchte, alter Mond, leuchte!* Das müssen Sie doch kennen! In dem Buch ist vorne dieses Gedicht – aber das ist ein sehr lebensbejahendes Gedicht. Ich krieg's nicht mehr ganz auf die Reihe, aber es endet:

... du bist des Hauses Sonnenschein.
Die Vögel singen, die Kinder lachen,
wenn deine klaren Äuglein wachen.

Das hat doch mit Tod und Sterben nichts zu tun."

„Ach so", sagte Bernd. Er hätte eigentlich erleichtert sein müssen, aber irgendwie fühlte er sich desillusioniert von dieser Auskunft.

„Na, auf jeden Fall vielen Dank!" sagte er. „Ich will mal gleich versuchen, dieses Lehrerehepaar ausfindig zu machen."

Zunächst aber rief er doch den langen Rickert von der Spurensicherung an.

„Hej, endlich meldet sich mal einer von euch Jungs!" sagte Rickert. „Hör mal, wir haben schon einiges an Spuren. Im Großen und Ganzen können wir die Geschichte rekonstruieren, ist alles natürlich noch nicht niet- und nagelfest, ist klar. Aber sieht so aus, als wären wir ein ganzes Stück weiter."

„Da bin ich ja gespannt", sagte Bernd, „laß hören."

„Tja, also eins ist klar, die Kleine muß schon im Laufe des Montags im Wald abgelegt worden sein, spätestens bis circa 17 Uhr, eher noch früher. Wir haben nämlich den Waldboden analysiert wegen der Feuchtigkeit. In den letzten Nächten hatten wir ja immer ziemlich viel Feuchtigkeit, und wenn die Kleine erst abends oder sogar nachts abgelegt worden wäre, wäre der Boden unter ihr erheblich nasser gewesen. Außerdem waren ein paar abgeknickte Grashalme bereits vertrocknet, also muß es noch ziemlich heiß gewesen sein, als die Kleine verbuddelt wurde. Naja, wir machen noch ein paar Testreihen mit den Temperaturen und Luftfeuchtigkeiten von Montag, dann können wir wahrscheinlich in ein paar Tagen Genaueres über den Zeitpunkt sagen, an dem die Kleine in den Wald gebracht wurde. Aber jetzt steht schon fest: zwischen Mittag und Abend."

„Woher wißt ihr das so genau?"

„Ich hab' vorhin mit dem Gerichtsmediziner gesprochen. Er hatte erst versucht, dich zu erreichen, aber du warst ja nirgends aufzutreiben. So gegen acht, kurz nach acht. Den solltest du unbedingt auch mal anrufen, der hat festgestellt, daß die Kleine auf Grund der Verteilung der Totenflecke frühestens gegen Mittag in den Wald gebracht wurde."

„Ich hab' schon mit dem Professor gesprochen", sagte Bernd. „Heute morgen mußte ich Bericht erstatten, deshalb war ich um acht noch nicht in meinem Büro."

„Geht mich doch nichts an, was du so treibst. Kriegst du denn jetzt irgendwie Verstärkung?"

„Ich dachte, ihr würdet mich unterstützen."

Rickert lachte. „Tu ich ja, aber hier im Labor. Wir haben noch tierisch viel zu untersuchen. Paß auf, jetzt komme ich zu unserer echt heißen Spur. Wir haben ein Stückchen von einem blauen Müllbeutel gefunden, an dem ein menschliches Haar klebt. Sieht so aus, als ob es ein Haar von der Kleinen ist, müssen wir natürlich noch genau analysieren. Ein Irrtum ist aber ziemlich unwahrscheinlich, da es auf jeden Fall ein Babyhaar ist. Also, die Leute oder der Leut oder wer auch immer es war, hat das Baby in einem blauen Müllsack in den Wald gebracht und es dort in dem Schutzgebiet ziemlich eilig aus dem Sack gezerrt – sonst wäre der Sack nicht zerissen – und dann hastig und notdürftig im Waldboden vergraben. Dazu benutzte er oder sie eine kleine Metallschaufel, wenn wir die Grabespuren richtig interpretieren. Kommt aber sonst meines Erachtens kein anderer Gegenstand in Frage. Also so ein Schippchen, wie die Kinder in der Sandkiste haben, oder eine kleine Gartenschippe zum Blumeneinpflanzen. Das alles fand sehr eilig und unvorsichtig statt. Zeitpunkt: am hellichten Tag.

Dann ist der Täter – wir gehen zur Zeit nur von einer erwachsenen Person aus – hastig abgehauen. Wir haben auch den Weg rekonstruiert – beide Male ungefähr von der Mitte des Spazierwegs A1 aus und zwar dort, wo diese kleine Leiter zum Übersteigen des Zaunes angebracht ist. Das muß man sich mal vorstellen: Mitten am hellichten Tag krabbelt jemand mit einer Kinderleiche in einem blauen Müllsack über einen Zaun, an dem dick dransteht ‚Betreten verboten', verscharrt wenige Meter davon entfernt das Baby, packt seinen Müllsack wieder ein, klettert über den Zaun zurück und setzt dann seinen Spaziergang einfach fort! Unglaublich cool, was?"

„Vielleicht hatte er den Sack in einer Sporttasche oder einem Rucksack versteckt?"

„Vermutlich. Aber trotzdem, soviel Frechheit zu besitzen! Naja, und jetzt heiße Spur Nr. 2: Wir haben an dem Zaun eine kleine Stoffprobe in einer Höhe entdeckt, die vermutlich dem Ende eines Hosenbeins entspricht. Nur ein paar Fädchen, aber könnte gut zu einer dunkelblauen Herrenhose passen."

„Mensch, super!" lobte Bernd. „Jetzt sind wir echt weiter."

„Tja", lachte Rickert zufrieden, „Gott ist mit die Doofen. Vor allem habt ihr noch mehr Glück. Die Mülltonnen in diesem Bereich werden alle montags abgefahren. Ihr könnt jetzt ausschwärmen und alle Mülltonnen rund um den Westerholter Wald nach blauen Mülltüten und kleinen Sandschippchen absuchen und habt sogar eine ganze Woche Zeit dafür."

„Meinst du das ernst?" fragte Bernd verblüfft.

„Ja klar, wo wollt ihr denn jetzt sonst weitermachen?"

Bernd schluckte. Er malte sich aus, wie er im ganzen Umkreis Mülltonnen durchwühlte – keine sehr gemütliche Vorstellung.

„Also, Kinners", sagte Rickert, „alle blauen Mülltüten dann zu uns ins Labor. Wir werden die richtige schon herauspicken. Und schreibt bloß auf jedes Asservat die Adresse, wo ihr es her habt, klar?"

Fassungslos brummte Bernd zustimmend. Sie verabschiedeten sich, und Bernd saß noch eine ganze Weile vor seinen Notizen und überlegte mühsam, was er nun als nächstes tun solle. Immer deutlicher wurde ihm aber, daß es wohl tatsächlich am sinnvollsten wäre, auf die Suche nach der blauen Mülltüte zu gehen.

Zum Glück wurden seine Gedanken durch Schulte-Loh unterbrochen. Er berichtete Bernd von seinem Gespräch mit der Presse und erklärte ihm, daß er darum gebeten habe, zunächst nur sehr wenig über den Fall zu berichten, da eine gewisse Geheimhaltung zur Zeit noch nötig sei, um das entführte Kind zu schützen. Er habe bewußt weder über die Leiche noch über das entführte Kind nähere Angaben gemacht, aber die Presseleute seien auch so schwer begeistert gewesen. Er habe für Samstag ausführliche Berichte in Aussicht gestellt, bei Bedarf natürlich auch schon eher, sich aber ausbedungen, daß zumindest bis dahin die Ermittlungen der Polizei nicht behindert würden. Er habe sich erlaubt, für Bernd drei Telefonanschlüsse vorzusehen und alle drei mit Schreibkräften der Polizei zu besetzen, damit keine vergeblichen Telefonanrufe mehr vorkommen könnten. Die Zentrale habe er angewiesen (ebenso wie alle sonstigen Mitarbeiter im Polizeipräsidium), daß alle Telefonanrufe bezüglich dieses Falls ausschließlich an diese drei Leitungen vermittelt würden. Ferner habe er strenge Anweisung gegeben, die Anfragen nicht zu beantworten, sondern höflich zuzusichern, daß die Mordkommission zurückrufe, sobald es möglich sei. Er, Bernd Bosch, solle auf jeden Fall ein Handy mit sich tragen und bitte niemandem gegenüber, schon gar nicht Presseleuten, Äußerungen über den Fall machen. Also immer nur auf die Pressekonferenz verweisen. Falls Leute aus der Bevölkerung anriefen, ebenfalls auf Geheimhaltung verweisen. Überhaupt – Bernd solle so verschwiegen wie nur irgend möglich sein, auch im Familien- und Bekanntenkreis.

„Klar!" versprach Bernd.

Dann berichtete Bernd von seinen neuen Erkenntnissen. Schulte-Loh hörte ihm aufmerksam zu und unterbrach ihn nicht. Erst nachdem Bernd seinen Bericht beendet hatte, sagte er nachdenklich: „Dieser Umstand, daß das Kind am hellichten Tag verscharrt wurde, kann für Kopflosigkeit und Panik oder aber für eine besondere Abgebrühtheit sprechen. Entweder haben wir es mit blutigen Anfängern oder mit ausgekochten Profis zu tun." Bernd und der Staatsanwalt schwiegen ein Weilchen. „Zumindest haben wir jetzt Ansätze, an denen wir weiter machen können", sagte Schulte-Loh. „Einmal sollten Sie versuchen, dieses alte Lehrerehepaar zu finden. Danach, meine ich, sollten Sie nach der blauen Mülltüte suchen. Ach ja, noch was. Ich habe mir erlaubt, in Bielefeld anzurufen. Ich kenne dort den Hauptkommissar etwas näher. Er hat mir zugesichert, daß er den BMW ausfindig machen wird. Allzu viele Fahrzeuge kann es in Bielefeld nicht geben, auf die die Beschreibung von diesem Christian paßt. Komisch, daß er sich all diese Einzelheiten so gut gemerkt hat, nicht wahr?"

„Hat mich auch gewundert", sagte Bernd.

„Naja", sagte der Staatsanwalt, „sieht ja so aus, als ob wir weiterkommen. Schon irgend etwas Neues bei Jostens?"

„Nichts", sagte Bernd. „Ich glaube, bald drehen die durch."

„Tja, die können einem wirklich leid tun“, sagte der Staatsanwalt. „Hoffentlich finden wir die Kleine, bevor ...“

„Bevor was?“ fragte Bernd.

„Na, bevor die Entführer feststellen, daß das Kind einen Hirnschaden hat. Wenn unsere Theorie zutrifft, daß das Kind sozusagen für den Eigenbedarf gekidnapped wurde, dann sieht es wohl ziemlich schlecht für die Kleine aus, wenn die Entführer feststellen, daß sie sich ein behindertes Kind an Land gezogen haben, oder?“

Bernd schluckte. „Könnte nicht jemand anders mit dem Fall beauftragt werden?“ bat er schließlich leise.

Der Staatsanwalt schaute ihn mitfühlend an. „In ein paar Tagen schon“, sagte er. „Samstag morgen, ich verspreche es Ihnen. Aber bis dahin müssen Sie einfach durchhalten. Ich tue alles, was ich kann, ja? Außerdem machen Sie es doch bis jetzt recht gut. Wenn die kleine Josten doch noch sterben muß, meinen Sie wirklich, ein anderer könnte es verhindern?“

„Ich würde mir auf jeden Fall schwerste Vorwürfe machen“, sagte Bernd ernst.

Der Staatsanwalt nickte. „Ich auch“, sagte er schließlich. „Aber vielleicht sind Sie ja gerade deswegen besonders für diesen Fall geeignet. Tun Sie einfach Ihr Bestes. Und sehen Sie mal – so schwer ist es doch im Moment gar nicht: Alles, was wir tun können, ist, diesen Lehrer zu suchen, die Mülltüte aufzutreiben und den BMW zu finden. Das wird doch machbar sein?“

„O.K.“, sagte Bernd seufzend. Der Staatsanwalt lächelte ihm aufmunternd zu. Dann klopfte er ihm auf die Schulter. „Wir bleiben in Verbindung“, sagte er freundlich. „Sie machen das schon.“

Das Gespräch mit dem Staatsanwalt hatte Bernd ziemlich aus dem Konzept gebracht. Hinzu kam, daß eine junge Frau sich in das Zimmer schob.

„Ich soll hier Telefondienst machen?“ fragte sie ängstlich.

„Ja“, sagte Bernd. „Wer sind Sie denn?“

„Ich bin die Sonja“, sagte sie, „Sonja Vallen.“

„Freut mich, Sie kennenzulernen“, sagte Bernd. „Mein Name ist Bosch.“ – „Bernd Bosch“, fügte er dann noch etwas freundlicher hinzu. Trotzdem störte ihn die Vorstellung, daß jemand in seinem Büro saß, ungeheuer. „Machen Sie über jeden Anruf eine Notiz, ja?“ sagte Bernd. „Und wenn etwas Dringendes ist, können Sie mich anfunken. Ich nehme einen Eurofunk mit.“

Er mußte ein wenig suchen, dann fand er die Nummer. „Ich muß jetzt los. Gegen Mittag werde ich wohl wieder zurück sein. Halten Sie hier die Stellung!“

„Und meine Mittagspause?“ fragte die junge Frau empört. „Meine Mutter wartet doch um halb eins mit dem Essen auf mich!“

Verblüfft schaute Bernd das Mädchen an. Sicher – sie sah noch sehr jung und zerbrechlich aus – aber es handelte sich doch um eine berufstätige Frau, noch dazu im Polizeidienst.

„Gehen Sie sonst auch mittags zu Ihrer Mutter?“ fragte er.

„Immer“, sagte sie. „Ich bin ein wenig anfällig für Krankheiten und so, da ist es sehr wichtig, daß ich auf eine gesunde Lebensweise achte. Auch meine Mutter nimmt das sehr genau.“

„Meinen Sie wirklich, daß die Polizei das Richtige für Sie ist?“ fragte Bernd.

„Ich bin doch gar nicht bei der Polizei“, gab die junge Frau zurück. „Ich bin in der Ausbildung hier beim Amtsgericht. Ich mach' das nur, weil Herr Staatsanwalt Schulte-Loh mich ausdrücklich gebeten hat. Und mein Chef war einverstanden.“

„Ach so“, entgegnete Bernd. „Na, das ist ja wirklich sehr nett von Ihnen. Ich will versuchen, pünktlich zurück zu sein. Ich muß auch ein bißchen telefonieren, das mache ich dann, wenn Sie bei Ihrer Mutter Essen fassen.“ Und eilig trat er die Flucht aus seinem Büro an, denn er merkte, daß ihm dieses durchscheinende Mädchen enorm auf die Nerven ging.

In der Goethestraße dauerte es dann doch erheblich länger, als er vorher gedacht hätte. Es wohnten nämlich drei alte Lehrerehepaare dort und Bernd hatte gleich beim ersten Mal das richtige erwischt, jedoch wußte der alte Herr nicht, daß er am Montag im Westerholter Wäldchen gewesen war und verwies Bernd etwas schroff aus der Wohnung. Seine Frau war gerade einkaufen, und so kam es, daß Bernd zunächst bei den beiden anderen Ehepaaren nachfragte, bevor er erneut bei Grinningers – so hieß das erste Lehrerehepaar – schellte. Diesmal öffnete Frau Grinninger – durchaus elegant gekleidet und gut frisiert, eine adrette, rüstige Frau in den Sechzigern.

„Entschuldigen Sie bitte", sagte Bernd höflich, „ich habe vorhin schon einmal geklingelt und mit Ihrem Mann gesprochen. Er erzählte mir, Sie seien am Montag nicht im Westerholter Wäldchen gewesen, aber Krügers von nebenan haben mir gesagt, ich solle einfach noch einmal fragen, weil Sie eigentlich jeden Tag in das Wäldchen gehen."

„Aber sicher", sagte Frau Grinninger. „Um was geht es denn bitte?" Noch hatte sie Bernd nicht in die Wohnung gebeten, sondern schaute ihn höflich, aber sehr genau an.

„Hat Ihr Mann das denn nicht erzählt?" fragte Bernd verwundert. „Ich bin von der Kriminalpolizei und suche Zeugen. Mir wurde gesagt, daß ein älteres Lehrerehepaar hier aus diesem Wohnblock am Montag mittag im Westerholter Wald spazierengegangen ist. Dieses Lehrerehepaar suche ich."

„Das waren sicher wir", sagte die Frau freundlicher werdend, „kommen Sie doch bitte herein." Sie öffnete die Tür, und Bernd ging in das große, mit teuren Teppichen und Möbeln ausgestattete Wohnzimmer, in dem er schon eine Stunde zuvor gewesen war.

„Setzen Sie sich doch bitte“, sagte die Frau. „Erich, wir haben Besuch!“ rief sie, und aus der Küche kam der alte Herr, kerzengerade und mit fragendem Gesichtsausdruck.

„Erich“, sagte die Frau, „hast du heute mit diesem Herrn gesprochen?“

Er schaute Bernd nachdenklich an. „Beim besten Willen nicht, meine Liebe“, sagte er kopfschüttelnd. „Mein Herr, wer sind Sie, wenn ich fragen darf?“

Bernd schaute ihn entgeistert an. „Mein Name ist Bosch, Kriminalpolizei“, sagte er. „Wir haben uns doch erst vor ungefähr einer Stunde unterhalten.“

„Ach, natürlich“, sagte der alte Herr und lächelte entschuldigend, „sicher, Sie wollten den Schlüssel für die Aula holen, nicht wahr?“

„Aber nein“, sagte Bernd. „Ich bin von der Kriminalpolizei, ich habe doch gefragt, ob Sie am Montag im Westerholter Wäldchen waren.“

„Ich glaube kaum“, sagte der alte Herr nicht unfreundlich, „montags findet doch immer die Chorprobe statt, da muß ich doch dabei sein.“

Seine Frau schüttelte den Kopf. „Er ist schon ein wenig vergeßlich“, wisperte sie Bernd verschwörerisch zu. „Wir gehen jeden Nachmittag spazieren, und Montag waren wir wirklich im Westerholter Wäldchen, ganz bestimmt.“

„Was hast du da zu flüstern?“ fragte der alte Herr streng. „Hier kann ruhig laut gesprochen werden, wir haben keine Geheimnisse. Willst du unserem Gast denn nichts anbieten, meine Liebe?“

„Aber natürlich“, lächelte die Frau und stand sofort auf. „Was darf ich Ihnen bringen, eine Tasse Kaffee oder lieber etwas Kaltes, ein Glas Sprudel zum Beispiel?“

„Oh, danke“, sagte Bernd, „ich hätte gerne ein Glas Mineralwasser.“

Frau Grinninger verschwand in der Küche, und der alte Herr beugte sich vor und betrachtete Bernd intensiv. „Darf ich fragen, wer Sie sind?" fragte er schließlich. „Kommen Sie wegen des Schlüssels für die Aula?"

„Aber nein", lachte Bernd, „ich bin doch von der Kriminalpolizei." „Ach ja, natürlich", sagte der alte Herr verärgert. „Aber deswegen brauchen Sie nicht zu lachen, junger Mann. Ich bin etwas vergeßlich geworden, aber das kommt vom Alter. Ansonsten bin ich geistig noch voll da. Sie brauchen sich nicht über mich lustig zu machen."

Bernd erschrak. „Entschuldigen Sie bitte", sagte er hastig, „nichts läge mir ferner, als mich über Sie lustig zu machen. Stimmt es, daß Sie Lehrer sind?"

„Aber ja, am Max-Planck-Gymnasium." Das Gesicht des alten Herrn leuchtete auf. „Meine Hauptfächer sind die alten Sprachen, aber meine Liebe gehört der Musik. Ich habe den Schulchor aufgebaut, und wir haben schöne Aufführungen gehabt, sehr schöne Aufführungen. Haben Sie zufällig meinen Telemann gehört? Eine sehr schöne Aufführung, sehr schön." Der alte Herr lächelte in sich hinein und versank in seiner Erinnerung. Dann rutschte er ein wenig tiefer in seinen Sessel und schien zu vergessen, daß Bernd im Raum war.

Zum Glück trat jetzt seine Frau wieder ins Zimmer. „Hier", lächelte sie mütterlich, „ich habe mir gedacht, vielleicht könnten Sie ein Schinkenschnittchen vertragen. Ich hatte noch nie Besuch von der Polizei, ich finde das sehr aufregend. Allerdings glaube ich nicht, daß wir irgend etwas bezeugen könnten, mein Mann und ich. Es war nämlich überhaupt nichts Aufregendes los am Montag, überhaupt nichts."

Sie schwieg einen kurzen Moment, dann fügte sie mit einem Anflug von Bitterkeit hinzu: „Es ist eigentlich nie irgend etwas Interessantes los."

Bernd lächelte sie aufmunternd an. „Es geht um Ihren Spaziergang am Montag mittag. Mir wurde gesagt, daß Sie möglicherweise eine Pause am Hexenkapellchen eingelegt haben. Haben Sie irgendwen gesehen?"

Frau Grinninger überlegte. „Da war die junge Frau mit dem behinderten Töchterchen", sagte sie. „Der Mann hat Ledergeschäfte und Immobilien in halb Buer. Sie ist so eine Blonde, ich glaube, die Familie heißt Josten. Das Kind ist erheblich älter, als es aussieht und hat schon jetzt eine deutliche Halbseitenspastik." Sie errötete. „Sie müssen mich jetzt für eine schrecklich neugierige Person halten", sagte sie, „aber ich bin von Beruf Kinderkrankenschwester und habe noch eine Ausbildung als Krankengymnastin gemacht, deshalb schaue ich bei so was besonders genau hin. Sie müssen verzeihen."

„Oh", sagte Bernd, der gerade an seinem Schinkenschnittchen kaute und sich jetzt bemühte, den Mund schnell leer zu bekommen, „das ist bei Zeugen eine höchst vorteilhafte Eigenschaft. Erzählen Sie doch bitte alles, was Ihnen einfällt."

„Sag mal, Liebling", unterbrach der alte Herr plötzlich das Gespräch, „wer ist der Herr, den du hier eingeladen hast? Kennst du ihn aus der Klinik?"

„Aber nein", sagte die Frau, „Erich, der Herr kommt von der Kriminalpolizei. Er möchte etwas über unseren Spaziergang am Montag wissen."

„Ach so, am Montag", erklärte der alte Herr zufrieden, „montags, wissen Sie, da habe ich immer die Chorprobe, vom Schulchor, wissen Sie? Wundervoller Chor und schon sehr schöne Aufführungen gemacht, wirklich."

„Doch, das muß man zugeben", sagte seine Frau freundlich, „er hatte wirklich eine Zeitlang beeindruckende Erfolge mit seinem Schulchor. Einmal haben sie sogar eine Telemann-Oper aufgeführt, das war ein großer Erfolg. Aber, Erich, deshalb ist der Herr nicht hier, er ist von der Polizei und will etwas über unseren Spaziergang am Hexenkapellchen wissen."

„Ach so", brummelte der alte Herr zufriedengestellt. „Das war es also."

Die Frau schaute Bernd nachdenklich an. „Außerdem war dort die Frau Osterkamp oder so ähnlich von der Stadtbücherei. Ich kenne sie nicht persönlich, aber sie trägt bei der Arbeit ein Namensschildchen, deshalb weiß ich ihren Namen, auch wenn sie mich wahrscheinlich noch nie wahrgenommen hat."

„Oh", sagte Bernd freundlich, „sie war es aber, die Sie im Wald gesehen hat!"

„Tatsächlich?" strahlte die Frau. „Na, ist ja doch verblüffend, wieviel man so mitkriegt."

„A propos mitkriegen", sagte der alte Herr, „Liebling, könntest du mir deinen Bekannten einmal vorstellen?"

„Aber sicher, mein Schatz", sagte die Frau freundlich „das ist der Herr Bosch."

„Ach natürlich", sagte der alte Herr, „Herr Bosch, Sie wollen bestimmt den Schlüssel für die Aula holen, nicht wahr?"

Bernd unterdrückte ein Lächeln. „Nein, Erich", antwortete die Frau mit müheloser Ernsthaftigkeit. „Er kommt von der Polizei und möchte etwas über unseren Spaziergang wissen."

Hoffentlich erwähnt sie nicht den Montag, dachte Bernd und mußte jetzt doch lächeln.

Frau Grinninger hatte wieder einen Ausdruck von gespannter Konzentration angenommen. „Da war auf der Lichtung noch ein Pärchen. Merkwürdige Leute. Beide sehr gutsituiert, sehr seriöse Kleidung, wenn Sie mich fragen, aber eine merkwürdige Reisetasche. Die Frau stopfte diese leere Reisetasche in ihre Handtasche. Rot, glaube ich, ja genau, rot." Triumphierend sah sie Bernd an.

„Das ist wirklich seltsam", bekräftigte Bernd ihren Gedankengang.

„Ja, genau, wozu haben Leute in so feinen Sachen mitten im Wald eine leere rote – weinrote, mehr so ein dezenter Rotton, wenn Sie verstehen, was ich meine – Tasche, die sie in eine Handtasche stopfen?"

„Merkwürdig", sagte Bernd. „Wie sahen denn die Leute aus?"
„Eigentlich völlig unauffällig. Vielleicht so um die Vierzig. Er dunkel, sie blond. Aber vielleicht gefärbt. Er hatte einen dunklen Anzug an, trotz der Hitze. Ziemlich modisch, sah sehr chic aus. Und sie trug ein hübsches Sommerkleid, irgendwie geblümt." „Größe?" fragte Bernd. Frau Grinninger zuckte mit den Schultern. „Schwer zu sagen, die haben ja gesessen."

Inzwischen war der alte Herr aufgestanden und wühlte in der obersten Schublade des Sideboards herum.

„Ach, Liebling", fragte er schließlich, „hast du eine Ahnung, wo der Schlüssel für die Aula ist? Der junge Mann hier wollte ihn gerade abholen."

„Nein, mein Schatz", erwiderte Frau Grinninger ohne eine Spur von Ungeduld, „der Herr Bosch hier kommt von der Polizei."

„Polizei?" wunderte sich der alte Herr. „Ich habe mein Leben lang noch nichts mit der Polizei zu tun gehabt. Weshalb kommt hier die Polizei ins Haus?" Bernds Mundwinkel zuckten, denn fast hätte er geantwortet: „Wegen des Schlüssels für die Aula", aber zum Glück konnte er diese Regung unterdrücken.

Frau Grinninger dachte noch gründlich nach. „Nein", sagte sie schließlich, „mehr fällt mir im Moment nicht ein. Leider."

„Aber das war doch schon sehr viel", sagte Bernd. „Vielen Dank, übrigens auch für die Schnittchen. Falls Ihnen noch etwas einfällt, rufen Sie mich doch bitte an."

Er gab ihr seine Visitenkarte. Frau Grinninger stand auf und begleitete ihn in den Flur.

„Ach, Liebling", sagte der alte Herr, „würdest du mir vielleicht verraten, wer dieser junge Mann ist?"

„Gleich, Erich", sagte Frau Grinninger, „ich bringe ihn nur eben zur Tür."

An der Haustür schaute sie Bernd fragend an. „Worum ging es denn jetzt eigentlich?" fragte sie Bernd.

„Um die Leiche eines Babys, die im Westerholter Wäldchen gefunden wurde", sagte Bernd sehr ernst. Frau Grinninger schlug erschrocken die Hand vor den Mund.

„Oh, Gott!" flüsterte sie erschreckt, „Aber da habe ich doch sicher nichts Wichtiges beobachtet, oder?"

„Doch, ich glaube schon", sagte Bernd ruhig.

„Nein, das kann ich mir nicht vorstellen", sagte Frau Grinninger schnell. Inzwischen tauchte Herr Grinninger hinter ihr auf. „Liebling", sagte er bestimmt, „der junge Herr hier kommt wegen des Schlüssels für die Aula. Es ist wegen der Chorprobe am Montag, weißt du? Hast du ihm den Schlüssel schon gegeben?"

Frau Grinninger drehte sich um. Erst jetzt war in ihrer Stimme so etwas wie Resolutheit und Bitterkeit zu hören.

„Ja", sagte sie, „der junge Mann hat den Schlüssel. Es ist alles in Ordnung."

„Das ist gut", befand der alte Herr. „Kommen Sie doch ruhig einmal wieder, junger Mann. Auf Wiedersehen."

Bernd winkte zum Abschied, murmelte „Auf Wiedersehen" und ging rasch davon.

Nun war es bereits nach 12 Uhr. Bernd stellte erschrocken fest, daß er sich beeilen mußte, wenn er das Fräulein vom Amtsgericht nicht erzürnen wollte. Aber obwohl er sich beeilte, hatte er sie doch erzürnt. „Ich wäre jetzt gerade gegangen", erklärte sie streng. „Ich habe nämlich ein Recht auf meine tariflich zugesicherte Mittagspause und sehe gar nicht ein, hier unbezahlte Überstunden zu machen. Außerdem wartet meine Mutter mit dem Essen auf mich."

„Sie erwähnten dies bereits", gab Bernd etwas indigniert zurück. „Hat es in der Zwischenzeit etwas Besonderes gegeben?"

Das Mädchen (nunmehr schon auf dem Weg zur Tür) schüttelte den Kopf. „Ich glaube nicht. Oder vielleicht doch. Die beiden anderen Telefonanschlüsse, die noch besetzt werden sollten, bleiben jetzt doch unbesetzt. Das macht aber nichts, weil hier nämlich den gesamten Vormittag über nicht ein einziger Telefonanruf war. Nur ein Herr Josten, der gefragt hat, ob sich denn noch keine neuen Informationen ergeben haben. Ich habe gesagt, Sie rufen zurück. Aber sonst war überhaupt nichts, ich habe die ganze Zeit nur nutzlos rumgesessen. Und im Amtsgericht wäre weiß Gott genug zu tun gewesen! Den besten Eindruck habe ich ja von der Polizei heute nicht gekriegt. Naja!" – Sie machte eine bedeutungsvolle Pause. „Aber zum Glück brauche ich ja nur noch heute nachmittag zu kommen, morgen kommt eine andere von uns hierher. Merkwürdig, das Ganze. Weshalb muß denn plötzlich das Personal vom Amtsgericht bei der Kriminalpolzei Telefondienst machen?"

Bernd zuckte fragend die Achseln. „Keine Ahnung", sagte er.

„Naja, mich geht es ja nichts an, aber ein bißchen aufregender habe ich mir die Arbeit der Polizei schon vorgestellt. Was für einen Fall bearbeiten Sie eigentlich? Oder sagen wir mal so: bearbeiten Sie überhaupt einen Fall?"

Bernd starrte sie verblüfft an. Sie wußte tatsächlich überhaupt nicht Bescheid. Sie schüttelte noch einmal entrüstet den sorgfältig gelockten Kopf, dann verschwand sie. Bernd atmete auf.

Als nächstes beschloß er, diesen Adriaan Sloterdijk in Amsterdam anzurufen. Viel Hoffnung hatte er allerdings nicht, denn es war mittlerweile halb eins. Immerhin war überraschenderweise in Amsterdam eine Frau am Telefon, die ihm mitteilte, daß er

Herrn Sloterdijk um 13 Uhr 30 würde erreichen können. Bernd lächelte. Na, wenigstens etwas, dachte er.

Einen Moment wußte er nicht recht, was er anfangen sollte. Der Gedanke, Jostens anzurufen, verursachte ihm Unbehagen. Bis halb zwei mußte er sowieso warten, bevor er mit seinen Recherchen in den Bueraner Mülltonnen beginnen konnte. Am besten machte er sich einen Plan, wie er vorgehen wollte. Er nahm sich einen Stadtplan und begann Straße für Straße aufzuschreiben, indem er immer weitere Kreise um den Westerholter Wald zog. Er ging so konzentriert dabei vor, daß er nicht merkte, wie schnell die Zeit verstrich. Als das Telefon plötzlich grell in seine Gedanken schrillte, spürte er zugleich, daß er hungrig war.

„Bosch?" sagte Bernd fragend, einen Moment lang sogar die Begrüßung vergessend.

„Guten Tag, Josten hier."

Bernd überfiel sein schlechtes Gewissen.

„Ich hatte vorhin schon einmal angerufen, Ihre Sekretärin hatte mir zugesichert, es Ihnen auszurichten."

„Hat sie auch", beeilte Bernd sich, „ich wollte auch gerade zurückrufen, ich bin eben erst hereingekommen. Was gibt es denn?" „Nichts!" hörte er Dieter verzweifelt sagen. „Gar nichts! Das geht doch nicht. Es muß doch mal vorwärts gehen. Meine Frau und ich, wir sind verrückt vor Sorge! Vielleicht haben die Entführer sich vertan und uns verwechselt! Gibt es nicht irgendeine Spur, irgend etwas, das weiterhilft? Glauben Sie mir, ich möchte Sie nicht belästigen oder von der Arbeit abhalten, aber wir drehen allmählich durch, wenn wir nichts von unserer Tochter hören."

„Das kann ich mir gut vorstellen", sagte Bernd, „aber ich kann Ihnen leider nichts sagen, was Ihnen helfen würde."

„Meinen Sie, unser Kind ist vielleicht gekidnapped worden, ohne daß die Entführer dabei an Lösegeld gedacht haben?"

Bernd seufzte. „Das ist zur Zeit unsere Arbeitshypothese", sagte er leise.

„Oh mein Gott!" Dieter schwieg einen Augenblick, und Bernd wußte nicht zu antworten. Dann ergriff Dieter wieder das Wort: „Meine Frau und ich, wir haben das schon befürchtet. Hören Sie, wir haben uns überlegt, jetzt an die Presse zu gehen. Wir werden überall bekannt machen, daß unsere Jessika einen schweren Hirnschaden hat, und eine große Belohnung aussetzen. Wir haben uns überlegt, daß wohl kaum jemand ein Kind mit Hirnschaden großziehen will. Wenn die Entführer hören, daß unser Kind behindert ist, geben sie es uns mit Sicherheit zurück, noch dazu, wenn wir dafür gut bezahlen."

Bernd seufzte. „Oder auch nicht", sagte er.

„Wie meinen Sie das?" Dieters Stimme klang sehr scharf, so wie sie gerade zuvor flehentlich und verzweifelt gewesen war. „Kindesentführung ist ein schwerwiegendes Verbrechen. Derjenige, der Ihre Tochter entführt hat, wird möglicherweise befürchten, daß er entdeckt wird."

„Aber wenn er ein Kind gestohlen hat, weil sein eigenes aus welchen Gründen auch immer umgekommen ist, wird er doch nicht ein behindertes Kind großziehen wollen."

„Eben", sagte Bernd. Er hätte es lieber noch vorsichtiger formuliert, aber Dieter verstand ihn sofort. „Nein!" schrie er. „Das glaube ich einfach nicht! Das müssen Sie verhindern!"

Bernd schluckte. „Wir müssen versuchen, Ihre Tochter zu finden, bevor die Entführer merken, daß sie behindert ist", sagte er. „Zumindest würde ich das für die sinnvollste Vorgehensweise halten. Aber ich will Ihnen nichts vorschreiben. Schließlich haben wir bis jetzt lediglich ein paar Spuren und Hypothesen in der Hand, mehr nicht."

Am anderen Ende blieb es eine Zeitlang still. Bernd wollte gerade wieder zu sprechen ansetzen, als Dieter sich räusperte. „Wahrscheinlich haben Sie recht", sagte er mit belegter Stimme.

„Wir können vermutlich wirklich nichts Besseres tun als abwarten. Aber falls eine Belohnung irgendwie hilfreich wäre – wir sind bereit, zwanzigtausend Mark für jeden Hinweis zu zahlen, der uns unser Kind wiederbringt."

„Ja?" sagte Bernd freundlich. „Das werden wir gerne berücksichtigen. Zur Zeit glaube ich aber, daß zuviel Öffentlichkeit eher schädlich sein könnte. Zumal wir noch einigen Spuren nachgehen müssen und da vielleicht noch interessante Fortschritte möglich sind."

„Haben Sie schon eine heiße Spur?" rief Dieter mit soviel Hoffnung in der Stimme, daß es Bernd weh tat.

„Zumindest haben wir ordentlich damit zu tun, sie weiter zu verfolgen", sagte Bernd.

„Sie meinen, wir sollen die Hoffnung nicht aufgeben, daß wir unsere Jessika wiederbekommen?"

„Natürlich sollen Sie die Hoffnung nicht aufgeben", sagte Bernd. „Verbleiben wir dann erst mal so?"

„Ja, aber bitte melden Sie sich ab und zu! Meine Frau und ich halten diese Warterei kaum aus."

„Das kann ich verstehen. Aber Sie müssen trotzdem durchhalten. Ich verspreche Ihnen, ich melde mich. O.K.?"

„O.K. Bis dann also."

„Bis dann." Als Bernd aufgelegt hatte, schämte er sich, daß er den Vater der kleinen Jessika so belogen hatte. Aber hatte er überhaupt gelogen? Zumindest kam es ihm so vor.

Bernd seufzte und nahm sich wieder den Stadtplan vor. Als er seine Tour zusammengestellt hatte (Tour de Müll, dachte er spöttisch), war es bereits kurz vor zwei, und etwas beklommen rief er erneut in Amsterdam an.

Diesmal wurde er sofort mit Herrn Sloterdijk verbunden. Wie auch seine Sekretärin sprach dieser fließend und fast akzentfrei Deutsch, es war, als hätte Bernd lediglich eine Dienststelle in

Deutschland angerufen. Bernd stotterte ein wenig, weil er sich plötzlich sehr schämte, einen wildfremden und vermutlich sehr angesehenen Experten um Rat zu fragen.

„Bitte entschuldigen Sie, daß ich Sie belästige", fing er an, „aber ich habe gehört, daß Sie viel Erfahrung in Adoptionsgeschäften, ich meine mit illegalen Adoptionsgeschäften und so, haben, sozusagen mit Menschenhandel, und deshalb rufe ich an."

Der Holländer lachte. „Das ist genau meine Tätigkeit", sagte er. „Könnten Sie mir noch mal genau sagen, wer Sie eigentlich sind, bevor Sie mir erklären, um was es geht?"

„Bernd Bosch, Kriminalpolizei in Gelsenkirchen. Das ist eine Stadt im Ruhrgebiet, das liegt in Deutschland."

Der Holländer lachte. „Ich kenne Gelsenkirchen, die haben da einen recht ordentlichen Fußballverein. Schalke, stimmt's? Herzlichen Glückwunsch zum UEFA-Pokal! Das war doch wohl richtiger Fußball, nicht wahr?"

Bernd lachte. Irgendwie fühlte er sich schon viel weniger unsicher. „Wirklich, das war phantastisch. Vor allem, weil es wie im Märchen war. Eigentlich hat hier keiner ernsthaft damit gerechnet, daß ausgerechnet unsere Jungs den Pott holen. Aber sie haben es tatsächlich geschafft, obwohl die Mailänder wirklich großartig gespielt haben. Aber deswegen rufe ich nicht an. Wir haben hier gestern ein totes Baby gefunden und können es beim besten Willen nicht identifizieren. Niemand scheint es zu vermissen. Gleichzeitig ist aber ein anderes Baby entführt worden, und zur Zeit arbeiten wir mit der Vermutung, daß beide Straftaten in Verbindung stehen."

„Das liegt sehr nahe", sagte der Holländer. „Haben Sie einen Hinweis, daß vielleicht Profis am Werk waren?"

„Profis?" fragte Bernd überrascht zurück. „Also, so scherzhaft haben wir schon gesagt, daß es Profis gewesen sein müssen, weil nämlich mit ungeheurer Kaltblütigkeit vorgegangen wurde. Oder aber mit Panik, das ginge natürlich auch."

„Wie kommen Sie darauf?"

„Also, die kleine Leiche wurde am Montag am hellichten Tag im Wald verscharrt. Zu diesem Zweck wurde sie vermutlich von einem Mann in dunkelblauer Hose in eine mit Stacheldraht abgetrennte Schonung befördert und zwar in einem blauen Plastiksack. Wir vermuten, daß der blaue Müllsack in einer Reisetasche war, denn es wird wohl kaum jemand mit einem gefüllten blauen Müllsack mitten am Tag in eine abgesperrte Schonung klettern. Auf jeden Fall wurde nicht weit davon entfernt ein Pärchen gesichtet, wovon der Mann einen dunkelblauen Anzug trug und die Frau eine leere dunkelrote Sporttasche in ihre Handtasche stopfte. Beide saßen auf einer Parkbank. Auf einer anderen Parkbank in unmittelbarer Nähe saß eine junge Frau mit ihrem Baby, das wenig später gekidnapped wurde. Sie wohnt nämlich in der Nähe und hatte die Kleine für circa zehn Minuten unbeaufsichtigt im Kinderwagen gelassen. Das Kind war eingeschlafen, und die Mutter wollte nur eben Geld aus der Wohnung holen, um einzukaufen. Tja, und deshalb haben wir die Theorie, daß das alles irgendwie zusammenhängt."

„Klingt einleuchtend. Woran ist das tote Baby gestorben?"

„Das ist ja das Verrückte. Es ist wohl verdurstet. Ansonsten war es kerngesund und wurde auch nicht irgendwie mißhandelt – zumindest soweit wir bis jetzt wissen."

„Zu wieviel Leuten seid ihr an dem Fall dran?"

Bernd schwieg. Dann sah er sich doch gezwungen zu antworten. „Wir haben zur Zeit einen bedauerlichen personellen Engpaß", fing er leise und schuldbewußt an.

„O.K.", sagte Sloterdijk, ihn unterbrechend. „Ich muß hier noch ein paar Kleinigkeiten regeln, dann setze ich mich in mein Auto und fahre los. Schätze mal, daß ich so gegen 18 Uhr bei euch sein kann. Wo treffen wir uns?"

Bernd war so verblüfft, daß er zunächst keinen Ton hervorbrachte. Dann aber sprach er um so schneller. „Am Marktplatz in Buer?" fragte er. „Ist ganz leicht zu finden. Von der A 2 Ausfahrt Gelsenkirchen Buer nehmen, dann Richtung Buer fahren und auf dem Marktplatz gegenüber vom Rathaus parken. Ich warte dort auf Sie."

„Na, prima", sagte der Holländer. „Bis dahin!"

„Bis dahin", erwiderte Bernd, immer noch ein bißchen überrascht, aber sehr erleichtert.

Den Nachmittag über begann Bernd sich die Mülltonnen in der Umgebung des Westerholter Wäldchens vorzunehmen. Zunächst kaufte er sich ein Paar Arbeitshandschuhe und eine lange Zange. Außerdem holte er sich von zu Hause einen großen Wanderrucksack und versorgte sich mit verschließbaren Plastiktüten und Klebeetiketten. Als er seine Arbeitswerkzeuge zusammen hatte, machte er sich gewissenhaft daran, seinen Plan auszuführen. Erst ging er den gesamten Waldweg einmal ab und schaute in jede Mülltonne, die dort aufgestellt war. Er fand aber keine einzige blaue Mülltüte.

Dann begann er an der Westerholter Straße. Hier kam er gar nicht an die Mülltonnen heran, weil die großen Villen hinter Mauern und Zäunen versteckt lagen und Bernd sich gar nicht traute anzuschellen, nur um die Mülltonne zu durchforsten. An der städtischen Kinderklinik (drei blaue Mülltüten) bog er wieder in das Wäldchen ein und ging jetzt auf den Stadtwald zu. Abgesehen davon, daß er sich lächerlich vorkam, war es eigentlich ganz schön, spazierenzugehen. Es war zwar sehr warm, aber angenehm schattig und sicher besser, durch den Wald zu streifen, als im überhitzten Büro zu sitzen.

An der Resse Straße wandte sich Bernd wieder Richtung Buer Mitte. Hier war die Ausbeute gut (4 blaue Mülltüten), aber an einem kleinen, schon ziemlich heruntergekommenen Zechenhäuschen kurz vor dem Ostring kam eine alte, dicke

Frau in ärmelloser Kittelschürze auf ihn zu und begann, ihn wüst zu beschimpfen. Bernd wurde ärgerlich und durchsuchte ihre Mülltonne besonders sorgfältig, fand aber nichts. Hingegen erbrachten die Wohnblocks an der Vom-Stein-Straße gleich sieben blaue Müllsäcke.

Bernd bog in die Augustin-Wibbeltstraße ein, wieder Villen mit schönen gepflegten Vorgärten. Als er an einem schmucken Einfamilienhaus die Mülltonne öffnete, sprach ihn eine dunkelhaarige Frau mit einem Baby auf dem Arm an.

„Können Sie mir mal erklären, was das hier soll?" fragte sie, mehr verwundert als verärgert. Dem Akzent nach kam sie nicht aus dem Ruhrgebiet, sondern aus dem Rheinland.

„Ich suche nach blauen Mülltüten", sagte Bernd, der sich inzwischen an das Lächerliche seiner Situation gewöhnt hatte. „Ich bin nämlich von der Polizei und suche nach Spuren, auch wenn es ein bißchen albern aussieht."

„Es sieht in der Tat etwas merkwürdig aus", meinte die junge Frau und fing an zu lachen. Aus dem Haus kam ein kleines Mädchen mit Brille und seitlich hochstehenden Zöpfchen.

„Was will der Mann, Mama?" fragte sie.

Die Frau lachte. „Er sucht eine blaue Mülltüte", erwiderte sie. Blitzschnell verschwand das Kind im Haus. Bernd stocherte noch etwas in der Mülltone herum, aber zum Glück fand sich nichts. Er wollte gerade gehen, da kam die Kleine wieder zur Tür heraus gerannt.

„Hier", strahlte sie Bernd an, „schenk ich dir!" Erhitzt und glücklich streckte sie Bernd eine ganze Rolle blauer Mülltüten entgegen.

„Ach, Julia", lachte die junge Frau, „der will keine neuen Mülltüten, nur alte."

Bernd lachte auch und ging in die Hocke, bis er der Kleinen auf gleicher Höhe in die Augen schauen konnte.

„Das ist aber sehr nett von dir gewesen", lobte er sie. Verlegen drückte sie sich hinter das Bein ihrer Mutter. Bernd richtete sich auf, winkte zum Abschied und ging.

„Wofür braucht der Mann alte Mülltüten?" hörte er das Kind noch hinter sich fragen.

Zwei Häuser weiter wurde er fast von einem Hund gebissen. Zum Glück war der Hund angeleint, und Bernd konnte sich rechtzeitig aus seiner Reichweite entfernen.

Größtenteils waren die Mülltonnen noch ziemlich leer. Bernd wurde noch drei oder viermal angesprochen, und mit jedem Mal fiel es ihm leichter, sein Anliegen vorzubringen. Beim fünften Mal erklärte er mit solcher Selbstverständlichkeit, daß er nach blauen Mülltüten suche, daß der etwas verdrießlich wirkende dicke ältere Mann, der ihn angesprochen hatte, nickte, als sei es ganz alltäglich, daß jemand in seiner Mülltone herumstochere, und dann wieder in seinen Garten zurückging. Bernd marschierte an der Stadtgärtnerei entlang, arbeitete sich durch die Immermannstraße und schlug einen Haken durch die Straße am Stadtwald. Danach kehrte er wieder zur Resse Straße zurück, kämpfte sich auf der waldnahen Straßenseite zur Goldbergstraße vor und begann nun, die Mehrfamilienhäuser der Goldbergstraße bis zur Erlestraße abzugrasen. An der Erlestraße wechselte er zur anderen Straßenseite und durchkämmte die Müllcontainer des Amtsgerichts und der Schulen, bis er wieder zum Ostring gelangte. Diesmal benutzte er den kleinen Fußgängerweg vor dem Annette-von-Droste-Hülshoff-Gymnasium (übrigens gleich sechs blaue Müllbeutel, aber alle gefüllt, so daß Bernd sich entschloß, auf sie zu verzichten). Der Weg führte zur Westerholter Straße, die Bernd jetzt auf der linken Straßenseite systematisch abarbeitete. Auch hier entstand wieder das Problem der gut abgeschirmten Vorgärten, aber Bernd hatte jetzt schon so oft Auskunft über sein seltsames Treiben gegeben, daß er sich gar nicht mehr durch fragende Anwohner in seinem Herumstochern stören ließ. Einer plötzlichen Idee folgend bog er dann nach links in die Erlestraße ein und direkt wieder in die Nienhofstraße.

Bernd merkte deutlich, daß noch Sommerferien waren, denn die meisten Mülltonen waren ziemlich leer. Allerdings war der Müll ja auch zwei Tage zuvor abgefahren worden. Ein großes, graues Haus am Anfang der Nienhofstraße war besonders ergiebig: gleich drei leere blaue Müllsäcke fanden sich in dem Müllcontainer, der unter ein paar Büschen halb versteckt an der Straße stand. Ansonsten erwiesen sich die Mülltonnen aber als Flop, einige waren sogar gänzlich leer.

Ihm fiel gar nicht auf, wie schnell die Zeit vergangen war, als plötzlich Dieter Josten neben ihm stand und ihn ansprach. „Suchen Sie etwas Bestimmtes?"

Bernd erschrak. „Oh ja", erwiderte er, „ich suche nach einer blauen Plastiktüte, die vielleicht von den Tätern in eine Mülltonne geworfen sein könnte. Oder vielleicht auch eine dunkelrote Reisetasche."

„Aha!" sagte Dieter, als sei dies eine sehr logische Erklärung. „Darf ich Sie zu einer Tasse Kaffee einladen?"

„Sehr gern!" sagte Bernd, der plötzlich merkte, wie durstig er war. Er packte seine Arbeitshandschuhe und die lange Zange in seinen Rucksack und schaute dann auf seine Uhr. „Oh!" rief er überrascht, denn es war schon nach vier. „Aber nicht so lange, ich habe nachher noch einen Termin." Dieter nickte und sie gingen in das trotz des heißen Sommerwetters kühle Haus.

Bei Jostens im Badezimmer wusch Bernd sich zunächst gründlich die Hände. Der Raum war ganz in Weiß gehalten und sehr ansprechend gestaltet. Außerdem war er blitzsauber. Ein kleiner Schmetterling aus geschliffenem Glas klebte mit Hilfe eines Gummisaugnäpfchens an der Spiegelfläche, die durch kleine

Halogenstrahler beleuchtet wurde. Es roch gut in diesem Badezimmer. Unwillkürlich starrte Bernd auf eine Wickelkommode, die eine Ecke des überraschend großen Raumes einnahm. Ein Holzmobile mit kleinen Clowns bewegte sich sanft über der Wickelauflage, ein Paket mit Windeln war angebrochen, einige Öltücher schauten aus einer Packung hervor. Bernd schaute sich nachdenklich weiter um. Überall waren die Spuren des Kindes zu sehen, das nun aus dieser Umgebung herausgerissen worden war. Auf der Badewanne ein Körbchen mit bunten Enten und Schiffen, in der Ablage Baby-Shampoo und Baby-Ölbad, über dem Waschbecken auf der Ablage eine Babybürste. All diese Details machten Bernd traurig, und er verließ schnell das Badezimmer.

In der Küche bereitete Monika einen Cappuccino vor. Sie benutzte dazu eine teure Espressomaschine. Bernd schaute sich in der geräumigen, edel, aber dennoch schlicht eingerichteten Küche um. Eine Tür führte direkt auf die Terrasse, ein herrlich großes Fenster ließ viel Licht herein, an drei Wänden liefen die Einbauschränke und Küchengeräte entlang und schufen eine große Arbeitsfläche. Hinzu kam ein großer alter Weichholztisch mit passenden alten abgebeizten Stühlen in der Mitte des Raumes. Eine riesige Obstschüssel und eine farblich abgestimmte Blumenvase mit einer Handvoll weißlich-gelber Rosen schmückten den Tisch. Bernd setzte sich und sog den Geruch von Äpfeln und frischem Kaffee ein. Er war beeindruckt von der Gestaltung dieser Küche. Dann fiel ihm der bunte Hochstuhl und ein roter Plastikkasten mit Kinderspielzeug auf, der an der vierten Wand neben der Gartentür stand, und er wurde wieder ein bißchen traurig.

Dieter setzte sich auch. „Wir haben leider gar nichts gehört", sagte er. „Sie glauben gar nicht, was das für eine nervliche Belastung ist. Meine Frau hat heute nacht überhaupt nicht geschlafen. Essen kann sie auch nicht. Wenn das so weiter geht, drehen wir durch."

Das hatte er ganz sachlich gesagt, aber Bernd fühlte sich dennoch schuldig. Etwas unbehaglich trank er seinen Kaffee und berichtete, daß schon mehrere Spuren verfolgt würden, vielleicht wichtige Spuren. Da seine Tätigkeit an den Mülltonnen ohnehin schon aufgefallen war, erläuterte er nochmal sein Vorgehen bezüglich der Spurensuche, und obwohl er selbst immer mehr merkte, daß er recht dilettantisch vorgegangen war, überzeugte seine Schilderung die beiden anderen und schien etwas Tröstliches für sie zu haben.

Bernd bemühte sich, rasch seinen Kaffee zu trinken, und verabschiedete sich dann. Jostens begleiteten ihn beide zur Tür.

Im Polizeigebäude brachte Bernd seine Ausbeute an blauen Mülltüten zu Rickert, dann schaute er in seinem Büro vorbei. Außer einem Zettel von Schulte-Loh fand sich jedoch nichts. Bernd versuchte, diesen zurückzurufen, erreichte ihn aber nicht mehr. So beschloß er, nach Hause zu gehen, obwohl er merkte, wie ihn erneut Unruhe überfiel.

Als Bernd zu Hause ankam, war Andrea auch gerade eingetroffen. Bernd erzählte ihr von seinem Rendezvous mit dem Holländer, und beide gerieten in Aufregung.

„Vielleicht sollte ich mich schon einmal nach einem Hotelzimmer für ihn umsehen?" überlegte Bernd.

„Meinst du nicht, er könnte im Kinderzimmer schlafen?" fragte Andrea. Bernd war sich nicht sicher. Sie diskutierten die Frage und kamen schließlich überein, das Gästesofa im dritten Zimmer ihrer Wohnung (das sie bereits als Kinderzimmer bezeichneten, obwohl sie sich mit dem Kinderkriegen ja noch Zeit lassen wollten) zu beziehen, um so die Möglichkeit zu haben, ihren Gast zumindest zu fragen, ob er damit vorlieb nehmen wolle.

Bernd kam es gar nicht in den Sinn, daß er seinen ausländischen Gast auch auf Kosten der Behörde hätte unterbringen können, und so waren er und Andrea natürlich daran interessiert, die Hotelkosten zu sparen. Andererseits waren sie sich einig, daß sie lieber in ein Hotelzimmer investieren wollten, als dem Gast das Gefühl zu geben, es könne nicht alles zum besten für ihn gerichtet sein. Bernd war richtig erleichtert, als Andrea zu überlegen begann, was sie denn auf die Schnelle vorbereiten könne, um dem Gast, falls erwünscht, auch eine leckere Mahlzeit anbieten zu können. Damit Andrea also noch etwas Fleisch, Obst und Gemüse einkaufen konnte, bewaffnete Bernd sich mit dem Staubsauger und richtete das Kinderzimmer her.

Die Zeit raste jetzt. Bernd hatte gerade das Gefühl, notdürftig fertig geworden zu sein, als er auch schon im Schnelldurchgang sich selbst für das Treffen fertig machen mußte. Er duschte trotz der knappen Zeit, da er Sorge hatte, er könne noch nach den durchsuchten Mülltonnen riechen. Als er schließlich um Viertel nach sechs am Marktplatz stand, fiel die Anspannung von ihm ab. Jetzt mußte er nur noch warten. Ein holländisches Auto war nicht zu sehen, er war also noch rechtzeitig gekommen. Bernd stellte sich vor das Schuhmachergeschäft und genoß den lauen Sommerabend. Viele Menschen hasteten noch in die Stadt, aber es war doch alles ruhiger und geruhsamer als in der Nachmittagshitze, die Stadt bereitete sich auf den entspannten Feierabend vor.

Während Bernd am Marktplatz stand und allmählich das Nachlassen seiner inneren Anspannung spürte, waren Gernot und Birgit am Ende ihrer Fähigkeit, Schwierigkeiten gelassen zu überwinden. Birgit schluchzte. Aus dem Nachbarzimmer drang immer noch das verzweifelte Schreien eines kleinen Kindes.

„Ich versteh' das nicht", heulte Birgit, „sie muß doch mal damit aufhören! Ein Baby kann doch unmöglich so lange schreien. Sie muß doch schon ganz erschöpft sein."

Gernot hatte sich in den Wohnzimmersessel fallen lassen und eine Flasche Bier geöffnet. „Sie schreit wirklich enorm", erklärte er. „Vielleicht ein Zeichen besonderer Leistungsfähigkeit. Immerhin hat sie Ausdauer."

„Naja, für so ein Würmchen ist das ja auch eine ganz schöne Umstellung", meinte Birgit. „Ob ich mal zu ihr hingehe?" Verzweifelt lauschte sie dem Kindergeschrei. „Vielleicht sollte ich sie trösten?"

„Du bleibst hier!" entschied Gernot streng. „Sie muß lernen, sich anzupassen. Sie kann uns nicht terrorisieren. Es kann ja gar nichts sein. Sie hat gerade eine Riesenflasche leergenuckelt. Eine neue Windel hat sie auch. Sie hat gar keinen Grund zu schreien. Außerdem", fügte er etwas weicher hinzu, „hat es ja gar keinen Zweck, sie zu holen. Sie guckt uns an und brüllt erst recht."

„Vielleicht fremdelt sie", sagte Birgit, „das tun Kinder in diesem Alter ... glaube ich zumindest."

„Nö, das glaub' ich aber nicht. Sie ist einfach nur überreizt. Die Fahrt und so. Fremde Umgebung ... Ich meine, das muß so ein kleines Wesen ja auch erst einmal verpacken, nicht wahr?"

Birgit nickte. Plötzlich hörte das Schreien nebenan auf. „Siehst du", sagte Gernot, „es ist wirklich am besten, konsequent zu sein." Angespannt lauschten die beiden noch eine Weile der Stille. Gernot hatte sein Bier schon fast leer getrunken, als sie sich entschlossen, nach dem Kind zu sehen. Gemeinsam schlichen sie in das Kinderzimmer, und da lag das Baby, rosig mit zartem blonden Flaum, süß schlummernd.

„Sie hat gespuckt", wisperte Birgit. „Soll ich die Spucke wegwischen?"

„Bloß nicht", wisperte Gernot, „dann machst du sie ja wach." Plötzlich durchlief ein Zittern den kleinen Körper, und mit grellem Schreckensschrei wachte das Kind wieder auf.

Bernd erkannte das Auto aus Holland sofort. Es war ein knallroter Kleinwagen mit gelbem Nummernschild. Er blieb stehen und schaute zu, wie sich ein enorm langer, dünner, dunkelblond gelockter Mann aus dem Wagen herauskringelte.

„Hi", lachte der Holländer und streckte ihm die Hand entgegen, „Bernd Bosch, nehme ich an?"

„Genau", sagte Bernd und strahlte. Er brauchte nur in das fröhliche Gesicht des anderen zu sehen um festzustellen, daß ihre Zusammenkunft sicher ein Erfolg werden würde. Angst, daß er sich danebenbenommen hätte, brauchte er wohl nicht mehr zu haben.

„Ich schlage vor, wir sagen du", sagte der Holländer. „Ich heiße Addi, O.K.?"

„Gerne. Ich bin Bernd. Sag mal, hast du vor, heute abend noch zurückzufahren oder möchtest du hier übernachten?"

„Kommt darauf an, was hier so anliegt", sagte der Holländer. Insgeheim staunte Bernd ein wenig über sein gutes Deutsch, es war noch nicht mal ein besonderer Akzent, allenfalls eine leichte Färbung zu erkennen.

„Also, falls du Hunger hättest", sagte Bernd etwas zögernd, „meine Freundin hat ein bißchen was zu Essen vorbereitet, ich meine, wir können natürlich auch irgendwohin gehen ..."

„Bloß nicht", sagte der Holländer. „Das Essen deiner Freundin ist bestimmt ausgezeichnet. Im übrigen sterbe ich fast vor Hunger."

„Ja, und falls du doch hierbleiben möchtest, würdest du lieber in einem Hotel wohnen? Du könntest auch bei uns übernachten, aber wenn dir das nicht recht ist, sollten wir vielleicht gleich ein Zimmer organisieren."

Addi lachte. „Ich will mich noch nicht festlegen", sagte er, „vielleicht ist ja alles heißer Wind um nichts und es lohnt gar nicht, daß ich hierbleibe. Dann fahre ich nach Hause. Aber wenn der Fall für mich doch etwas interessanter ist, schlafe ich gerne bei euch. Ist mir sogar lieber als ein Hotelzimmer. Falls ich nicht störe, heißt das."

„Nein, ganz gewiß nicht", strahlte Bernd. „Am besten bringen wir den Wagen in die Tiefgarage. Morgen früh ist Markt, da kann er hier nicht stehenbleiben. Wir haben aber einen Parkplatz gemietet, da kannst du den Wagen hinstellen."

„Ausgezeichnet", sagte Addi und beide stiegen in den roten Wagen.

Der Abend wurde ein voller Erfolg. Andreas Essen war wirklich ausgezeichnet, und sie diskutierten zu dritt die ganze Entführungsgeschichte und den Fall des toten Babys. Addi kam zu dem Schluß, doch noch zu bleiben, zumindest so lange, bis zweifelsfrei auszuschließen war, daß professionelle Babyhändler im Spiel waren. Staunend hörten Andrea und Bernd, daß der Handel mit Kindern, die aus armen in reiche Länder verkauft wurden, einen erheblichen Teil der organisierten Kriminalität ausmache.

Addi bezeichnete diesen Vorgang als Adoptionshandel. Natürlich hatten sie schon davon gehört, aber die vielen kleinen zynischen Details, die Addi ihnen schilderte, entsetzten sie. Besonders schockiert war Andrea darüber, daß manche Adoptionshändler die erwünschten Babys regelrecht auf Bestellung mit weitgehender Festlegung von Erscheinungsbild und anderen Eigenschaften lieferten. Addi erzählte die Geschichte eines blonden, blauäugigen Jungen, der sehr groß für sein Alter sein sollte und natürlich auch eine hohe geistige Entwicklungsfähigkeit mitbringen sollte. Im Nachhinein hatte sich dann herausgestellt, daß dieser Junge von seiner Mutter gar nicht hergegeben werden sollte, da die Mutter nach der Geburt einen Rückzieher gemacht hatte, daß er dann aber mit roher Gewalt entführt worden war.

Der Abend rückte voran, und Addi erzählte von Kindern, die eigens zum Zweck der Organspende entführt und verkauft werden. Andrea schüttelte sich.

„Bitte hör auf! Das ist ja furchtbar, so etwas kann ich nicht glauben."

Addi lachte bitter. „Tja, fällt schwer. Aber Mädchenhandel ist auch kein schönes Kapitel, da könnte ich euch noch mehr erzählen."

Bernd stand auf. „Mag noch jemand einen Cappuccino?" fragte er.

„Oh, bloß nicht", wehrte Addi ab, „morgen müssen wir reinklotzen, da kann ich mir jetzt keinen Kaffee mehr erlauben."

Trotzdem blieben sie noch zusammen sitzen, und allmählich wandte sich das Gespräch privaten Dingen zu. Bernd und Andrea erfuhren, daß Addi verheiratet war und drei Kinder hatte, und sie unterhielten sich über Holland und Deutschland und stellten fest, daß sowohl Addi als auch Bernd gerne Schach spielten. Es war spät, als sie schlafen gingen, aber Bernd fühlte sich ruhig und zuversichtlich, weil er jetzt das Gefühl hatte, daß die Angelegenheit in Addis knochigen Händen gut aufgehoben war.

„Was machen wir nur?" fragte Birgit verzweifelt. „Das Kind kommt ja gar nicht ans Schlafen. Sie schläft immer nur kurz ein, dann schrickt sie hoch und schreit wieder."

Gernot wühlte seinen massigen Kopf aus den Kissen. „Verdammt noch mal!" sagte er. „Du wolltest doch unbedingt ein Kind. Du bist doch die Frau. Du mußt doch wissen, wie man so ein Biest zur Ruhe bringt!"

Birgit weinte schon wieder. „Ich weiß wirklich nicht mehr,

was ich tun soll“, schluchzte sie, „es heult und heult und heult. Das muß doch mal aufhören.“

Gernot seufzte bitter. Dann nahm er sich zusammen, setzte sich auf und umarmte seine Frau. „Guck mal“, sagte er nicht unfreundlich, „das kleine Wurm ist um den halben Globus gereist. Das ist einfach durcheinander. Es wird sich schon alles einspielen.“

Birgit schluchzte jetzt noch heftiger. „Ich habe Angst, daß sie vielleicht krank ist“, gestand sie.

„Wieso?“ fragte Gernot verblüfft.

„Naja, mit diesem Zucken und so, das ist irgendwie ganz anders als bei allen anderen Babys, die ich so kenne.“

„Ach was, andere Babys schreien sich auch weg. Das ist eben so.“

„Ja, aber doch nicht so extrem. Die Kleine bewegt sich ganz anders dabei, so komisch irgendwie, so verkrampft.“

„Die ist halt noch ein bißchen verängstigt“, beruhigte Gernot sie, „nach so einer weiten Reise doch ganz normal, oder?“

„Ich weiß nicht, mir kommt das alles so merkwürdig vor. Es läuft auch immer Speichel aus dem rechten Mundwinkel.“

„Alle Babys seibern, das ist ganz normal.“

„Ich finde, sie ist irgendwie nicht wie andere Babys.“

Jetzt steckte ihre Besorgnis auch den Mann an. „Meinst du wirklich?“ fragte er zweifelnd. Dann hellte sich sein Gesicht auf. „Weißt du was? Morgen fahre ich zu Rüdiger. Der soll uns die Kleine mal gründlich durchchecken. Du, da ruf' ich gleich an.“

„Du kannst doch nicht um diese Zeit deinen Bruder anrufen“, sagte Birgit entgeistert.

„Na, aber sicher doch“, sagte Gernot und setzte sein Vorhaben bereits in die Tat um. Nachdem er eine Zeitlang telefoniert hatte, strahlte er Birgit triumphierend an.

„Siehst du“, sagte er, „morgen früh fahren wir nach Frankfurt. Rüdiger wird die Kleine von Kopf bis Fuß durchleuchten. Dann sehen wir weiter."

„Wäre es nicht besser, wir gingen zu einem Kinderarzt?" fragte Birgit zweifelnd.

„Können wir ja dann immer noch. Aber Rüdiger meint auch, erst mal ein CT machen. Und das kann er ja für uns tun, oder? Ich hab' ihm schließlich auch schon manch einen Gefallen getan. So, und nun laß uns schlafen. Morgen wird ein anstrengender Tag für uns."

In diesem Moment schrie das Kind wieder. „Oh, Gott!" stöhnte Gernot. „Kann man das Biest nicht in den Keller sperren?"

Addi telefonierte ebenfalls noch zu später Stunde, und zwar mit seiner Frau. Während Bernd schon hinüberglitt in die Dunkelheit des Schlafes, nahm er im Nachbarzimmer leises Kichern und die Melodie der ihm unverständlichen Sprache wahr. Aber viel hörte er nicht mehr, denn er war schon bald fest eingeschlafen.

Donnerstag

Als Bernd mit Addi in sein Büro kam, wartete Schulte-Loh dort bereits auf ihn. Bernd bekam sofort ein schlechtes Gewissen.

„Warten Sie schon lange?“ fragte er.

„Aber nein“, sagte Schulte-Loh, „bin auch gerade erst gekommen.“ Fragend sah er Addi an. „Haben Sie Verstärkung bekommen?“

Bernd beeilte sich, die beiden miteinander bekannt zu machen. „Oh, entschuldigen Sie: Herr Adriaan Sloterdijk aus Amsterdam, der Kollege, der auf Adoptionshandel spezialisiert ist. Addi, das ist Herr Schulte-Loh, unser Staatsanwalt.“

„Angenehm“, nickte Addi.

„Ganz meinerseits“, gab Schulte-Loh zurück.

„Herr Sloterdijk hat zugesichert, unsere Ermittlungen in diesem Fall zu unterstützen“, sagte Bernd. „Ich bin natürlich sehr dankbar dafür.“

Schulte-Loh lächelte erfreut. „Das ist ja hervorragend. Sind Sie schon mit dem Fall vertraut gemacht worden?“

„In groben Zügen, ja“, sagte Addi, obwohl er und Bernd den Fall am Vorabend mehrere Stunden gedreht und gewendet hatten.

„Vielleicht gehen wir alles noch einmal gründlich durch“, schlug Schulte-Loh vor.

„Gerne", sagte Addi. „Aber sollten wir nicht erst noch ein bißchen warten, bis die anderen Kollegen auch anwesend sind?" Bernd und Schulte-Loh wechselten einen überraschten Blick. Bernd gab sogar ein kleines „Äh" von sich. Schulte-Loh hatte sich aber sofort wieder im Griff und lächelte Addi routiniert zu.

„Wir sind im Moment ein bißchen knapp mit Personal", sagte er. „Es wäre mir deshalb aus Zeitgründen lieber, daß wir eben alles Wichtige diskutieren. Sie können sich ja dann untereinander noch informieren." Addi zuckte mit den Schultern und nickte, offenbar fand er Schulte-Lohs Antwort nicht überraschend oder bemerkenswert.

Bernd und Schulte-Loh stellten also nochmals die Informationen zusammen, die sie hatten, und rekonstruierten den Tathergang dahingehend, daß möglicherweise ein Paar mittleren Alters am Montag mittag in einer roten Reisetasche eine Kindsleiche in einem blauen Plastikmüllsack in den Westerholter Wald transportiert hatte. Nach ihrer Theorie sei dann der Mann (mit dunkelblauem Anzug) in die Schonung geklettert, habe das Kind notdürftig verscharrt, die blaue Mülltüte in der roten Reisetasche wieder mitgebracht und sich mit der Frau auf eine Bank vor das Hexenkapellchen gesetzt, wo die Frau dann die rote Reisetasche in ihrer Handtasche verstaut hätte – und dies vor den Augen mehrerer Zeugen.

Möglicherweise war dann eben dieses Paar der jungen Frau Josten und ihrem Kind nachgegangen, hatte das Kind gekidnapped und schließlich die Flucht in einem BMW 318 i (Farbe dunkelblau, Automatik) mit Bielefelder Kennzeichen angetreten.

„Soso", murmelte Addi. „Haben Sie den BMW schon? Sollte nicht unmöglich sein, den Wagen zu finden, meine ich."

„Tja", sagte Schulte-Loh bedauernd. „Offenbar doch. Deswegen bin ich nämlich schon hier. Die Kollegen in Bielefeld haben alle Wagen, die in Frage kamen, überprüft. Es waren 87.

Keiner dieser Wagen war am Montag in Gelsenkirchen. Ich habe es gerade erfahren. Das Auto können wir also vergessen."

„Die blaue Mülltüte wohl auch", sagte Addi plötzlich. „Wenn die die Mülltüte in die rote Tasche gestopft haben und die rote Tasche in die Handtasche, dann werden sie wohl kaum die blaue Mülltüte in eine Tonne am Tatort geworfen haben, oder?"

Bernd stöhnte leise. „Und dafür habe ich gestern nachmittag die ganze Zeit in den Tonnen gewühlt." Die beiden anderen lachten.

„Künstlerpech!" grinste Addi.

Sie wurden wieder ernst. „Langer Rede kurzer Sinn:", sagte Schulte-Loh schließlich, „nichts Genaues weiß man nicht. Im Grunde ist das alles Spekulation. Es kann so gewesen sein, muß aber nicht."

„Stimmt", sagte Addi ruhig. „Insbesondere der Zusammenhang zwischen der Toten und der Entführung ist mehr als fraglich. Aber als Arbeitshypothese ist die Geschichte nicht schlecht. Wir können sie ja immer noch revidieren, wenn wir neue Informationen erhalten."

„Und woher erhalten wir neue Informationen?" fragte Bernd vorsichtig.

Die beiden anderen starrten ihn an. „Also ich für mein Teil", nahm Addi das Gespräch wieder auf, „würde jetzt gerne versuchen, die Identität der Kleinen, die tot aufgefunden wurde, festzustellen."

„Und wie wollen Sie das bewerkstelligen?" fragte Schulte-Loh zweifelnd.

„Nun, auf jeden Fall brauche ich ein ruhiges Büro, ein Telefon, ein Faxgerät und einen Schreibtisch für mich allein. Wenn das Kind aus dem Ausland nach Deutschland gebracht wurde, um hier adoptiert zu werden, werde ich es wohl finden. Wenn es allerdings aus Deutschland selbst stammt oder aus dem näheren europäischen Ausland und ausschließlich in einem Auto transportiert wurde, haben wir schlechte Karten. Aber dafür haben wir ja zunächst keinen Anhaltspunkt."

Schulte-Loh und Bernd schwiegen. Schließlich räusperte sich Schulte-Loh. „Was meinen Sie, wie lange werden Sie brauchen, um das alles herauszufinden?"

Addi zuckte mit den Schultern. „Kommt drauf an. Ich fange erst mal mit dem Wahrscheinlichen an und mache dann mit dem Unwahrscheinlichen weiter. Zur Zeit kommen immer noch die meisten gekauften Adoptivkinder aus Brasilien und einigen anderen kleineren Nestern in Südamerika. Zumindest, was diese europäisch aussehenden Kinder betrifft. Sie kommen auf dem Luftweg, also werde ich mich erst mal auf die Flughäfen Düsseldorf, Frankfurt und Amsterdam konzentrieren, das sind so die üblichen Routen. Man hört zwar jetzt auch viel von Kindern, die aus Rumänien oder überhaupt aus den Staaten des ehemaligen Warschauer Paktes kommen, aber das ist meines Erachtens immer noch weit weniger wahrscheinlich als die südamerikanische Variante. Hab' ich Glück und das Kind ist schon bei meinen ersten Fischzügen dabei, kann ich unter Umständen schon in zwei Tagen Näheres wissen, hab' ich Pech, kann es Wochen, Monate oder sogar Jahre dauern. Reine Fleißarbeit, das Ganze."

Schulte-Loh schaute ihn anerkennend an. „Ich wünsche Ihnen viel Glück dabei", sagte er. „Sie sollen alles haben, was Sie für Ihre Arbeit brauchen." Er kratzte sich am Kopf. „Würde es Ihnen etwas ausmachen, gleich dieses Büro zu übernehmen?" fragte er. „Ich hätte dann auch die Gewißheit, daß das Telefon hier besetzt ist."

Addi schaute ihn etwas überrascht an. „Wird das Büro nicht von Herrn Bosch benötigt?" fragte er.

„Überhaupt kein Problem", beeilte Bernd sich. „Ich mach' mich ganz dünne."

Schulte-Loh stand abrupt auf. „Als erstes organisiere ich wohl am besten ein Faxgerät", sagte er. „Kommen Sie mit, Herr Bosch?" Bernd nickte und glitt hinter dem Staatsanwalt aus dem Zimmer.

Auf dem Flur in sicherer Entfernung redete Schulte-Loh eifrig auf ihn ein. „Das haben Sie ausgezeichnet gemacht. Versuchen Sie bloß, ihn auch weiter nicht merken zu lassen, daß wir keine Leute haben, ja? Ich habe jetzt übrigens noch nicht einmal mehr irgendwelche Auszubildenden loseisen können. Die weigern sich einfach, Telefondienst zu machen. Trotzdem habe ich alle Telefone auf Sie umstellen lassen. Wenn dieser Holländer da die Stellung hält, ist das doch wenigstens ein Tropfen auf dem heißen Stein."

Bernd schaute den Staatsanwalt fassungslos an. „Das können wir doch nicht machen!" sagte er schließlich. „Wir blamieren uns doch bis auf die Knochen!"

Der Staatsanwalt zuckte mit den Achseln. „Versuchen Sie, ihn nicht merken zu lassen, was hier los ist. Übermorgen ist es ja auch alles wieder ganz anders", sagte er in beschwörendem Tonfall. „Halten Sie den Mann bei der Stange, ja? Wenn Sie irgendwelche Spesen benötigen, Bierchen trinken gehn und so, zahl' ich alles. Hier, nehmen Sie das schon mal und laden Sie den Mann heute mittag zu irgendwas Feinem ein. Ich meine, so richtig fein. Und gehen Sie heute groß mit ihm aus. Irgendwas wird sich wohl finden. Disco oder sonstwas, was er will. Nur passen Sie auf, daß er nicht mitkriegt, daß hier außer Ihnen keiner an dem Fall ist, ja?"

Bernd nickte verdutzt. Die beiden Hundertmarkscheine, die ihm der Staatsanwalt in die Hände gedrückt hatte, wollte er erst nicht annehmen, aber dann überlegte er es sich anders und steckte sie ein.

„Und wenn er es doch merkt?"

„Dann sehen wir ganz schön alt aus", sagte der Staatsanwalt. „Aber wir versuchen ja nun schon unser Bestes, und mehr kann man nicht tun. Also, Kopf hoch und Ohren steif, junger Mann. Sehen Sie zu, daß es irgendwie glimpflich abgeht."

Bernd nickte. „Denken Sie an das Faxgerät", erwiderte er.

Der Staatsanwalt lachte. „Das ist zum Glück eine der leichtesten Übungen", sagte er. „Geräte kann ich heranschaffen, alles, was man kaufen kann. Nur Manpower nicht, da hapert es einfach ein bißchen."

Bernd nickte bedrückt und ging wieder zu seinem Büro.

Addi war bereits am Telefon. Den Hörer zwischen Schulter und Ohr geklemmt, kritzelte er in rasendem Tempo Namen und Telefonnummern auf ein weißes Blatt Papier. Zwischendurch redete er wie ein Maschinengewehr in einer kehligen Sprache, aus der immer wieder Wörter mit vertrautem Klang emportauchten. Bernd hatte noch nie einen Holländer längere Zeit holländisch reden hören und war beeindruckt. Also saß er still neben der Tür und lauschte.

Als das Telefongespräch beendet war, knallte Addi zufrieden den Hörer auf. „Mal eben mit meiner Sekretärin gesprochen", erklärte er. Der Wechsel in die deutsche Sprache war mühelos erfolgt. „Wo bleibt mein Fax? Ich brauche ein paar Papiere, die müssen mir rübergefaxt werden. Da muß ich neben sitzen, diese Hin- und Herrennerei kostet viel zu viel Zeit."

„Kommt gleich", sagte Bernd. „Soll ich mal eben einen Kaffee holen?" Addi starrte ihn entgeistert an. „Kaffee? Hör mal, Kaffee trinke ich zu Hause, dafür geh' ich nicht in ein Büro. Hier bin ich, um ein bißchen was Sinnvolles zu tun. Was machen eigentlich deine Kollegen alle? Wohl alle mit Kaffeetrinken beschäftigt, was? Du willst mir doch wohl nicht weismachen, daß du ganz alleine an einem dermaßen dicken Fall dran bist, oder?"

Bernd seufzte. Zum Glück wurden sie unterbrochen – das Telefon klingelte. Bernd nahm ab, es war Andrea. Sie war ganz aufgeregt und erzählte ihm, daß sie schon ab zwölf Uhr frei hatte. Sie schlug vor, für Addi und ihn zu kochen und daß beide so gegen eins zum Essen kommen sollten.

Bernd legte die Hand über den Hörer. „Hast du Lust, daß Andrea heute mittag für uns kocht?“ fragte er.

Addi überlegte. „Mal sehen“, sagte er schließlich. „Naja, ‘ne kleine Pause können wir uns ruhig gönnen. Sag ihr aber, sie soll sich nicht soviel Arbeit machen.“

Bernd sagte also die Mittagsverabredung zu.

Zum Glück kam dann auch schon das Faxgerät. „So, jetzt laß uns mal reinhauen“, knurrte Addi. „Paß auf, ich erkläre dir jetzt, was du zu tun hast. Normalerweise macht das meine Sekretärin, aber die ist ja ebensowenig anwesend wie deine Kollegen.“

Bernd verkniff sich eine Antwort. Statt dessen ließ er sich beschreiben, wie er die zu erwartenden Schreiben abzuheften hatte, welche Vermerke er gut leserlich auf ihnen anbringen, in welcher Reihenfolge er die Papiere auf Addis (eigentlich ja Bernds) Schreibtisch vorsortieren und wie er die von Addi überarbeiteten Papiere von seinem Schreibtisch wegnehmen und sofort zusammenheften sollte.

„Wenn ich etwas hasse, ist es Unordnung“, sagte Addi. „Sag mal, wo kriegen wir circa 20 Aktenordner her? Die habe ich vergessen zu bestellen. Für heute benötigen wir die schon.“

Bernd schmunzelte. „O.K., ich guck’ mal, wo ich die auftreiben kann, aber das dauert einen kleinen Moment.“

„Aber nicht zu lange!“ sagte Addi. „Ich leg’ jetzt los und lasse mir die Passagierlisten aus Düsseldorf kommen, erst mal die letzten zwei Monate. Also, beeil dich. Bis zum Mittagessen will ich Düsseldorf abhaken, klar?“ Bernd nickte. „Bin schon unterwegs“, rief er und rannte los.

Unterdessen steckte ein silbergrauer Mercedes auf der Sauerlandlinie Richtung Frankfurt im Stau. „Scheiße!“ schrie Gernot unvermittelt und aus Leibeskräften. „Verdammte Arschlöcher! Scheiße, Scheiße!“

„Gernot“, versuchte Birgit erschrocken, ihn zu beschwichtigen, aber es war schon zu spät. Das Kind, das auf dem Rücksitz in einen gnädigen Schlummer gefallen war, schrak mit schrillem Schreckensschrei hoch.

„Halt die Klappe, du verdammtes Biest!“ schrie Gernot mit der vollen Lautstärke, die ihm zur Verfügung stand. „Sei endlich still, du kleine Mißgeburt!“

Das Kind schrie in Panik. „Gernot“, sagte Birgit vorwurfsvoll.

„Halt du auch die Klappe! War doch deine Schwachsinnsidee mit diesem Scheißkind!“ brüllte Gernot weiter. „Wenn ich gewußt hätte, daß dieses Kind immer nur schreit, hätte ich nie zugestimmt. Wenn es wenigstens ein Junge wär'. Aber nein, unbedingt eine Tochter. Dabei weiß doch jeder, daß Mädchen viel mehr weinen. Sind eben von Natur aus Heulsusen.“

Jetzt weinte Birgit auch. „Aber das stimmt doch gar nicht!“ wimmerte sie. „Du wolltest doch auch ein Kind. Und du wolltest doch so gerne ein Mädchen.“

Er tätschelte ihr etwas ungelenk die Schulter. „Schon gut“, lenkte er überraschend ein. „Entschuldige bitte. Ich hab' mich gehen lassen. Aber ich bin ein bißchen überreizt, weißt du. Mir fehlt der Schlaf einfach. Und jetzt noch dieser Stau. Wir schaffen es unmöglich, bis zehn in Frankfurt zu sein.“

„Ist das denn so schlimm, wenn wir später kommen?“

„Ja, klar, Rüdiger hat gesagt, er hat um zehn eine wichtige Sitzung mit dem Krankenhausträger und kann uns erst gegen 16 Uhr wieder zur Verfügung stehen. Ich wollte eigentlich nicht so lange dort herumhängen, um zu erfahren, was mit der Kleinen los ist. Steck dem Kind doch mal einen Schnuller in den Hals, das Geschrei ist ja wirklich nicht auszuhalten.“

Gehorsam wandte Birgit sich nach hinten (obwohl ihr beim Autofahren leicht schlecht wurde) und versuchte, dem Kind den Schnuller anzubieten. Heftig schreiend spuckte das Kind ihn wieder aus. Sein Gesicht war fleckig rot und naß vor Schweiß und Tränen, häßlich verzerrt in dem Bemühen, so laut wie möglich zu schreien. Das Geschrei klang jetzt schrill und schmerzte in den Ohren. Mühsam angelte Birgit den Schnuller hinter dem Beifahrersitz hervor und wischte ihn widerwillig ab. Dann stopfte sie ihn – diesmal energischer werdend – entschlossen in den schreienden Mund und diesmal hielt sie ihn fest. Verzweifelt bäumte das Kind sich mit dem ganzen kleinen Körper gegen den Schmerz, gleichzeitig in Atemnot geratend, aber das Geschrei wurde durch diese Maßnahme tatsächlich leiser.

Doch dann fuhr Gernot unvorhergesehen ein Stück voran, um gleich wieder heftig abzubremsen. Birgit verlor ihr Gleichgewicht, der Schnuller rutschte aus dem Kindermund, und Birgit prallte gegen Gernot.

„Mann, paß doch auf!" herrschte er sie an. „Das ist ja lebensgefährlich."

Weinend (wenn auch erheblich leiser als das Kind) setzte Birgit sich wieder auf ihrem Sitz zurecht und schnallte sich an.

Gegen dreizehn Uhr schmerzte Bernd der Rücken, und er sehnte sich nach einer Pause. Gleichzeitig bewunderte er Addi, der die ganze Zeit mit steiler Falte auf der Stirn konzentriert gearbeitet hatte, ohne eine Unterbrechung zuzulassen. Bernd hatte wesentlich langsamer die weniger anstrengenden Zuarbeiten erledigt, aber es war auch langweilig, sich dem Tempo des anderen anzupassen und dafür zu sorgen, daß dessen Aufmerksamkeit sich kontinuierlich auf eine Tätigkeit richten konnte, von der Bernd sich ausgeschlossen fühlte.

So war er froh, endlich die angespannte Stille unterbrechen zu können. „Ich glaube, wir sollten jetzt mal zum Essen gehen", schlug er vor.

„Hm", brummte Addi und glitt weiter mit dem Finger eine der zahlreichen Passagierlisten entlang, die das Faxgerät seit dem Morgen unermüdlich ausgespuckt hatte. „Bin gleich soweit. Gleich haben wir Düsseldorf, die letzten zwei Monate, durch."

Aber dann dauerte es doch noch über eine halbe Stunde. Plötzlich richtete Addi sich auf, wie aus einem Schlaf erwacht, schüttelte sich fröhlich und sagte: „So, das hätten wir. Zeit für eine Pause. Ich hab' tierischen Hunger."

„Schon was Neues?" fragte Bernd.

„Nö", sagte Addi. „Ich habe 26 Paare mit passenden Babys. Jetzt muß ich erst mal rausfinden, ob sie mit dem Baby auch hingeflogen oder nur damit zurückgekommen sind. Ein Glück, daß Fernreisen mit so kleinen Kindern doch relativ selten sind. Neulich hab' ich wegen eines Vierjährigen denselben Spaß durchexerziert und hinterher 7832 mögliche Familien gehabt!"

„Wahnsinn!"

„Tja", sagte Addi zufrieden. „Schätze mal, daß ich diese 26 heute abend schon überprüft habe. Ist immer ein bißchen kniffflig, rauszufinden, wann jemand, von dem man weiß, daß er zurückgekehrt ist, weggeflogen ist. Da muß man ein bißchen rumwühlen. Aber bei 26 Leuten ist das an einem Nachmittag zu schaffen. Stell dir vor, dann können wir Düsseldorf schon mal abhaken."

„Komisch, daß die die Passagierlisten einfach so rausrücken", meinte Bernd nachdenklich.

Addi lachte. „Och, ich mache das öfter", sagte er. „Ich kenne mittlerweile jeden an den gängigen Transportwegen, und die Leute da kennen mich."

Sie hatten das Polizeigebäude verlassen, und obwohl es ihnen schon im Zimmer stickig erschienen war, knallte ihnen jetzt die Hitze wie ein warmer Faustschlag entgegen. Bernd dachte daran, daß er eine Dachgeschoßwohnung hatte und es dort jetzt unerträglich heiß sein würde. Aber Andrea hatte rechtzeitig die Vorhänge zugezogen und alle Fenster geöffnet, und so war es gerade erträglich, als sie in die Wohnung kamen.

Dort wartete nicht nur Andrea mit dem Essen, sondern auch Andreas Bruder Sven auf sie.

„Tach", sagte Bernd verblüfft, „was treibst du denn hier? Müßtest du nicht auf der Arbeit sein?"

„Bin ich doch!" grinste Sven. „Nee, ich komm wegen dem Bengel, von dem du erzählt hast. Ich mein', geht mich ja eigentlich nix an, aber dann dachte ich mir, ich geb' dir doch den Tip. Obwohl das ja Quatsch ist. Du bist schließlich kein Sozialarbeiter oder so."

„Von was redest du eigentlich?" wunderte sich Bernd. „Ach übrigens – Addi, das ist Sven, der Bruder von Andrea, Sven, das ist Addi, ein Kollege von mir, der aus Amsterdam kommt und Experte in dem Fall ist, den ich gerade bearbeite."

„Was, seid ihr schon weiter in dem Fall?" rief Sven begeistert. „Was gibt's denn Neues?"

„Erzähl' ich dir mal in Ruhe. Sag mal, weshalb bist du hier?"

Sven schaltete sofort um: „Stell dir mal vor", kicherte er, „der Meister hat den neuen Lehrling rausgeschmissen. Seinen eigenen Neffen! Einen festen Tritt in den Arsch hat er ihm verpaßt, aber im wahrsten Sinne des Wortes!"

„Und wieso?" fragte Andrea amüsiert.

„Der Typ war echt ein Stinkstiefel. Und zwei linke Hände, ehrlich. Hat der Trottel zum ersten Mal in seinem Leben Reifen gewechselt. Ist ihm alles genau erklärt worden. Und? Er macht einen auf arrogant" – an dieser Stelle richtete Sven sich auf, zog seine Nase mit Daumen und Zeigefinger in die Höhe und sprach leicht näselnd weiter –„Selbstverständlich hab ich das verstanden, ich hab schließlich Abitur und bin ja nicht blöd. Haha“, sagte Sven jetzt in normaler Stimmlage, „hat dann aber doch die Schrauben vom Reifen nicht festgemacht. Zumindest nicht richtig. Kunde kommt, holt sich den Wagen – was passiert? Das Vorderrad macht sich selbständig. Der Wagen sieht vielleicht aus!“

„Ohoh!“ machte Bernd und lachte, genauso wie Andrea und Addi auch.

„Ja, aber das war noch nicht alles. Der Meister auf seinen Neffen losgegangen: ‘Ei, du Trottel, was haste denn jetzt verbockt? Dir hamse wohl ins Gehirn geschissen, du Dumpfbacke!’ war er dran. Guckt ihn der Jüngling so richtig von oben herab an und sagt: ‘In so einem Ton laß ich nicht mit mir reden!’ Tja, da wurd's denn handgreiflich. Oh Mann, haben wir einen Spaß gehabt! War nämlich echt ein Patentarsch, wie du dir schlimmer nich' vorstellen kannst. Dem haben das alle gegönnt, wirklich alle. Auch die Mädels im Büro, und dabei war dat so'n ganz Hübschen, gepflegt und teures Motorrad und immer vom Feinsten alles.“

„Soso“, sagte Bernd, „und weshalb bist du jetzt hier?“

„Na, deshalb“, sagte Sven, ganz überrascht von so viel Begriffsstutzigkeit. „Du hast doch von diesem Jungen erzählt, der so gerne Automechaniker werden will. Das ist doch dem seine Chance! Wenn er heute nachmittag zum Büro kommt – ich wette, der kriegt die Stelle. So, ich muß dann jetzt mal. Hab' mich nur eben von der Arbeit weggeschlichen, um dir das zu sagen. Morgen ist die Stelle bestimmt schon anderweitig vergeben. Also, halt dich ran, wenn du ein gutes Werk tun willst.“

„Mensch, danke für den Tip“, sagte Bernd. „Ich will versuchen, den Jungen aufzugabeln. Ob ich es schaffe, weiß ich allerdings nicht.“

„Jetzt wird aber erst mal gegessen“, sagte Andrea streng.

„Aye, aye, Sir!“ erwiderte Bernd.

„Madam“, verbesserte Addi automatisch. Er wirkte wieder etwas abwesend. Dann richtete er plötzlich seinen Blick auf Bernd. „Übrigens“, sagte er nicht unfreundlich. „Heute nachmittag brauche ich dich nicht. Es reicht, wenn du gegen 17 Uhr im Büro bist. Bis dahin kannst du sowieso nur zuschauen.“

„Danke, danke“, erwiderte Bernd etwas verschnupft. Schließlich war es doch eigentlich sein Fall, und plötzlich hatte er die Funktion des Handlangers?

Addi warf ihm einen merkwürdigen Blick zu. „Ich will dir ja nicht vorschreiben, was du zu tun hast. Aber wenn du tatsächlich den Jungen heute nachmittag aufsuchst, dann frag ihn doch gleich nochmal wegen dieses BMW. Irgendwo scheint er sich vertan zu haben. Und das wäre ja auch ein Grund, weshalb du dich in der Dienstzeit verkrümelst. Und guck noch mal nach den Eltern von diesem entführten Kind. Vielleicht hat sich etwas getan, und die rücken bloß nicht mit der Sprache heraus. Zumindest müssen sie engmaschig betreut werden, sonst machen die womöglich Blödsinn. Ach ja, und vielleicht verrätst du mir jetzt endlich einmal, wo all deine Kollegen stecken?“

Die junge Ärztin saß fasziniert vor dem Bildschirm des Computertomographen in der Klinik und ließ mit routiniertem Knöpfchendruck immer wieder die computererrechneten Bilder eines kindlichen Kopfes auf und ab rollen. Schließlich sprang sie auf, rannte in ihr Arbeitszimmer und kehrte mit einem dicken Wälzer zurück. Eifrig blätterte sie in ihrem Buch, immer wieder den Blick auf den Bildschirm richtend.

Ihr Oberarzt trat in den kleinen Raum, in dem die Anlage mit Hilfe einer Computertastatur gesteuert wurde. Durch eine Glasscheibe war der Blick frei auf ein großes Gerät, in welches ein etwas gewölbtes glattes Brett hinein- und hinausfahren konnte, in „die Röhre“, wie die Patienten sagten.

„Können wir weitermachen?“ fragte der Oberarzt mit Blick auf die leere Anlage.

„Ja, natürlich“, sagte die junge Ärztin eifrig, „ich habe hier nur einen äußerst interessanten Befund, muß ich sagen.“

Der Oberarzt beugte sich vor, ließ Schnittbilder eines kindlichen Gehirns über den Bildschirm laufen und lächelte schließlich milde. „Ja, sicher“, sagte er freundlich. „Ein fetter frühkindlicher Hirnschaden. Nicht übel, allerdings auch nicht allzu selten, wenn ich ehrlich bin. Aber ist ja schön, wenn Sie so was noch vom Hocker reißen kann. Mit den Jahren vergeht das.“

„Aber nein“, rief die Ärztin aufgeregt, „das Loch im Gehirn meine ich doch gar nicht. Das hab' ich jetzt auch schon öfter gesehen. Hier – schauen Sie doch den Schädelknochen!“

Aufgeregt klapperten ihre Finger auf der Tastatur, und es rollte sich die oberste Schichtaufnahme auf den Bildschirm.

„Ja und?“ wunderte sich der Oberarzt.

„Aber gucken Sie doch mal auf das Geburtsdatum! Die Kleine ist erst sechs Monate, und die Fontanelle ist bereits dicht!“

Jetzt stutzte auch der Oberarzt. „Sieh an, sieh an“, murmelte er. Nachdenklich schaute er auf Bild und Personalien des Kindes.

„Ich hab' gerade im Keller-Wiscott nachgeschaut“, rief die junge Ärztin aufgeregt. „Es handelt sich vielleicht um eine Kraniosynosthose!“

Nachdenklich nahm der Oberarzt das Lehrbuch und begann nun selbst zu blättern. „Kann ich mir eigentlich nicht vorstellen“, murmelte er, während er zu lesen begann. „Aber vielleicht könnten Sie schon mal die Handwurzelknochen, einen Schädel in zwei Ebenen und die Femurköpfe machen lassen, dann sieht man ja weiter.“

„Ja, darf ich?“ rief die Ärztin erfreut.

„Machen Sie mal 'nen kompletten Status“, murmelte der Oberarzt. „Darf ich solange Ihren Keller-Wiscott haben?“

„Aber sicher!“ rief die junge Frau und eilte schon aus dem Raum. „Ich kümmere mich schon mal um die konventionellen Röntgenaufnahmen.“

Bernd fand Christian am Busbahnhof. Ihm zog sich ein wenig das Herz zusammen, als er sah, in welcher Begleitung sich der Junge befand: Ein magerer, spitznäsiger, zerlumpter Mann mit zotteligem Blondhaar und abgeschabter, schäbiger Lederjacke, eine dürre, hennarot gefärbte junge Frau mit glühenden Augen, hinter den jungen Leuten auf einer Wartebank zum Schlafen ausgestreckt ein vorgealterter, verwahrloster Säufer, laut schnarchend, in der mit dem ganzen Arm umklammerten Flasche noch ein letzter Rest Bier. Vor dieser Kulisse wirkte Christian noch kindlicher und unschuldiger, als er ohnehin schon wegen seiner roten Pausbacken und der dicken blonden Haare aussah.

Christians Freunde rauchten selbstgedrehte Zigaretten mit Haschisch, wie Bernd sofort roch, als er näher herantrat. Zum Glück war aber Christians Blick klar und offen, als er Bernd anschaute.

„Hallo“, sagte Christian, „suchen Sie mich?“ Noch bevor Bernd antworten konnte, schubste die Frau Christian ungeduldig an.

„Ey, wer ist der Typ?“ knurrte sie. Christian wurde rot.

„Ich bin von der Kriminalpolizei“, sagte Bernd ruhig. „Sind Sie die Freunde, mit denen Christian am Montag im Westerholter Wäldchen war?“

„Ey, verpiß dich, Scheiß-Bulle!“ keifte die junge Frau sofort los.

„Wir können uns leider an überhaupt nichts erinnern“, sagte der junge Mann höhnisch.

„Genau“, grinste die junge Frau häßlich. „Deswegen haun wir jetzt auch mal ganz schnell ab.“ Sie setzte ihr Vorhaben mit beeindruckender Geschwindigkeit und Geschicklichkeit sofort in die Tat um, auch der junge Mann glitt geschmeidig davon.

„Hej, das könnt ihr doch nicht machen!“ rief Christian ihnen fassungslos nach. „Ich hab’s euch doch erzählt, es geht hier um ein richtiges Verbrechen, da könnt ihr doch nicht einfach abhauen. Außerdem ist der Herr Bosch echt in Ordnung, hab’ ich euch doch auch erzählt.“

„Ej, laß dich doch von deinem Bullen ficken, wenn du ihn so toll findest!“ rief ihm die junge Frau zu und war schon halb über die Fahrbahn.

Christian wollte seinen Freunden hinterhereilen, aber Bernd hielt ihn zurück. „Hör mal, ich will die gar nicht sprechen. Ich komm’ gar nicht beruflich, sondern wegen was anderem. Ich hab’ vielleicht ’ne Lehrstelle für dich!“

Christian riß Mund und Augen auf. „Was?“ stotterte er fassungslos.

„Wenn wir uns beeilen, habe ich vielleicht ‘ne Chance, dich bei Opel Derrntrei unterzubringen, ich hab’ dir doch gesagt, ich kenne da jemanden. Heute morgen ist einer der Lehrlinge rausgeflogen, und mit etwas Glück kriegst du vielleicht die Stelle.“

Christians Kopf glühte feuerrot. „Das kann ich gar nicht glauben“, flüsterte er erregt, „ist das echt wahr oder verarschen Sie mich bloß?“

„Nee, ist echt wahr“, sagte Bernd. „Ich weiß natürlich nicht, ob’s klappt, aber versuchen sollten wir es, findest du nicht auch?“

„Oh ja!“ seufzte Christian sehnsüchtig.

„Komm, wir nehmen mein Auto“, sagte Bernd gutmütig. „Steht am Polizeiparkplatz, wir müssen nur eben über den Goldbergplatz.“

„Hm“, murmelte Christian andächtig, und gemeinsam marschierten sie über die Ampelanlage, beide brav auf „grün“ achtend.

Bei Opel Derrntrei parkten sie auf dem großen Parkplatz. Schon als sie auf das Geschäftsgebäude zumarschierten, sah Bernd seinen Noch-nicht-ganz-Schwager, der sich die Hände an einem alten Lappen abwischte und ihnen bedeutete, zu ihm zu kommen.

„Sven", sagte Bernd, „das ist der Junge. Er heißt Christian Westerfänger. Christian, das ist Sven Rütters, mein Schwager."

„Guten Tag", sagte Christian schüchtern und errötete wieder.

„Kommt mit", forderte Sven sie auf, „ich hau' mal den Meister an. Vielleicht haben wir Glück." Sie liefen durch die Halle und blieben hinter einem relativ kleinen drahtigen Mann mit grauem Haarkränzchen um die spiegelnde Glatze stehen.

„Meister", sprach ihn Sven vorsichtig an, „wir hätten mal 'ne Frage."

„Moment", sagte der Mann ruhig und beendete seine Schreibarbeit, die er gerade auf einem Klemmbrett ausführte. Dann drehte er sich um. Bernd fand ihn auf Anhieb sympathisch, ein ernstes Gesicht mit nachdenklichen dunklen Augen, die jetzt prüfend auf ihm lagen.

„Was kann ich für Sie tun?" fragte er Bernd direkt.

„Das ist mein Schwager", sagte Sven eilig, „er kommt wegen der Lehrstelle."

Für einen Moment breitete sich ein Schatten von Ärger auf dem Gesicht des Meisters aus. Dann hatte er sich wieder unter Kontrolle. „Geht es um den Jungen da?" fragte er, sich immer noch an Bernd wendend.

„Ja", sagte Bernd. Er wußte nicht recht, ob das richtig war, aber unter den ruhigen Augen des Meisters brachte er plötzlich viel mehr Worte hervor, als er bei reiflicher Überlegung für sinnvoll gehalten hätte. „Ich möchte mich nur kurz vorstellen. Bosch ist mein Name, ich arbeite bei der Kriminalpolizei und habe diesen Jungen kürzlich als Zeugen vernommen. Dabei habe ich von ihm erfahren, daß er jetzt den Hauptschulabschluß erreicht und noch keine Lehrstelle in Aussicht hat. Er wünscht sich sehnlich, KFZ-Schlosser zu werden. Ich möchte Sie bitten, ihn als Bewerber zu berücksichtigen."

„Soso", sagte der Meister zögernd. Eine lange Pause unbehaglichen Schweigens folgte. Plötzlich schoß der Meister auf den Jungen zu, packte ihn am Arm und führte ihn ein paar Schritte von Bernd und Sven weg.

„Warum hast du keine Lehrstelle?" fragte er streng. „In der Schule faul gewesen? Nur Fünfer und Sechser auf dem Zeugnis?"

Christian sah aus, als würde er jeden Moment in Tränen ausbrechen. „Nee, ich hab gar nicht so ein schlechtes Zeugnis. Ist sogar ein qualifizierter Hauptschulabschluß."

„Na", sagte der Meister schon etwas freundlicher, „und wieso findest du dann nichts? Was paßt den Leuten nicht an dir?"

Christian senkte den Kopf. „Vielleicht meine Adresse", flüsterte er, über und über errötend.

„Wo wohnst du denn?" fragte der Meister „Heistraße vielleicht?"

„Nee", flüsterte Christian, „Lehnbergstraße 19."

„Aha", sagte der Meister streng. „Woll'n mal sehn, was du taugst. Feg mir mal den Hof, dort ist der Besen."

Bernd wollte empört dazwischen gehen, aber Sven hielt ihn mit einer beschwörenden Handbewegung zurück. Christian nahm wie selbstverständlich den Besen und begann zu fegen. Gründlich und sorgfältig, dabei aber recht zügig arbeitete der Junge, ohne sich umzuschauen. Eine ganze Weile standen die Männer und schauten zu, wie er seine Arbeit ausführte, als sei er alleine auf der Welt.

Zwischendurch sah er den Meister an. „Hätten Sie vielleicht ein Kehrblech?" Der Meister nickte und holte aus einer Ecke Kehrblech und Handfeger hervor.

„Dort ist der Müll", wies er den Jungen noch an und

zeigte auf die Mülltonne. Christian nickte gefügig und arbeitete weiter.

Der Meister ließ ihn tatsächlich den größten Teil des Hofes fegen, bevor er unterbrach. „Ist gut“, sagte er, „jetzt zeig mir mal, ob du was von Autos verstehst. Komm mit!“

Bernd und Sven folgten fasziniert. Vor einem roten Opel Kadett blieb der Meister stehen. „Siehst du das Autoradio da?“ fragte er. Christian nickte. Der Meister zeigte auf einen Werkzeugkasten. „Da sind Werkzeuge. Hol mir mal das Radio raus, ohne den Wagen oder das Radio zu beschädigen.“ Nach dieser Aufforderung steckte der Meister seine Hände in die Taschen und schaute den Jungen wieder sehr prüfend an.

Christian glitt geschmeidig hinter das Steuerrad des Wagens. In weniger als fünf Minuten hatte er das Autoradio ausgebaut und präsentierte es stolz dem Meister.

„Soso“, sagte der Meister streng. „War wohl nicht das erste Mal, was?“

Christian wurde vor Schreck blaß und biß sich auf die zitternde Unterlippe. Der Meister verschränkte die Arme. „Vielleicht kann ich dich brauchen“, sagte er mit zurückgelegtem Kopf. „Aber wenn ich dich bei krummen Dingern erwische, reiß' ich dir den Arsch auf. Kapiert?“

Christian nickte eifrig. „Bau das Radio wieder dort ein, wo es hingehört!“ sagte der Meister. „Wenn du fertig bist, komm nach vorne in mein Büro und hol mich. Dann guck' ich noch mal nach, ob du das auch richtig gemacht hast, und wenn alles in Ordnung ist, kannst du die Lehrstelle haben.“ Abrupt drehte er sich um, und Christian starrte ihm mit fassungsloser Freude nach.

Ebenso schnell wie er das Radio herausgeholt hatte, hatte Christian es auch wieder eingebaut. Sven verschränkte die Arme und legte den Kopf schief. „Eins muß man ihm lassen“, raunte er Bernd zu, „das Kerlchen ist ja echt geschickt.“

Auch der Meister war offensichtlich beeindruckt, als er das Radio überprüft hatte und es tatsächlich vorschriftsmäßig angeschlossen war. „Zumindest kannst du mit dem Werkzeug umgehen", sagte er zu Christian. Christian strahlte. „Na, dann komm mal mit ins Büro", sagte der Meister.

Aber im Büro gab es dann doch einen recht merkwürdigen Zwischenfall. Als der Meister den Lehrvertrag mit allen Angaben aufgesetzt hatte, rollte er ihn zusammen und gab ihn Christian mit den Worten: „So, den läßt du jetzt von deinen Eltern unterschreiben. Und dann bringst du mir den Vertrag noch bis 17 Uhr wieder. Und morgen früh bist du um Punkt sieben hier, verstanden? Keine Minute später, damit das klar ist."

„Kann ich denn den Vertrag nicht selber unterschreiben?" fragte Christian.

„Nee", sagte der Meister, „natürlich nicht, du bist doch noch gar nicht volljährig. Wenn dein Vater noch auf der Arbeit ist, kann doch vielleicht deine Mutter unterschreiben. Oder arbeitet die auch?"

Christian schüttelte stumm den Kopf. „Na, dann wird sie doch wohl irgendwie aufzutreiben sein", meinte der Meister. „Sonst fahr doch einfach zu deinem Vater in den Betrieb. Wo arbeitet dein Vater?" Christian senkte den Kopf noch tiefer, obwohl das kaum möglich schien. Der Meister schaute ihn mitleidig an. Dann schüttelte er den Kopf, als ärgere er sich über diesen Moment von Schwäche. „Wie du an die Unterschriften von deinen Erziehungsberechtigten kommst, ist mir egal. Hauptsache, ich kriege den Vertrag vor 17 Uhr, sonst wird aus der Lehrstelle nichts, klar?"

Kläglich nickte Christian.

Als Bernd und Christian am Auto standen, schlug der Junge, anstatt einzusteigen, mit der flachen Hand leicht aufs Autodach. „Na, dann, tschüs“, sagte er, „vielen Dank auch. Den Rest schaff' ich schon allein.“

„Spinnst du?“ erwiderte Bernd aufgebracht. „Wie willst du das denn schaffen! Es ist schon Viertel vor vier, da kommst du doch gar nicht rechtzeitig! Bis zum Goldbergplatz läufst du von hier mindestens eine Viertelstunde und dann mußt du doch auch noch mit der Straßenbahn fahren. Nee, ich fahre dich, darauf kommt's jetzt auch nicht mehr an! Steig ein.“

Merkwürdig zögernd stieg der Junge ein. „Wo ist das noch mal genau?“ fragte Bernd.

„Geht von der Horster links ab, hinter dieser Disco, Hugo 2“, erwiderte der Junge.

Sie fuhren schweigend, und Bernd wunderte sich, daß der Junge eher bedrückt und verängstigt wirkte, anstatt sich zu freuen. Er fand die Lehnbergstraße ohne Schwierigkeiten.

„Lassen Sie mich hier raus!“ verlangte der Junge heftig und wollte an der Straßenecke schon die Beifahrertür öffnen.

„Quatsch!“ erwiderte Bernd ebenso heftig. „Welche Nummer war das?“

„19“, antwortete der Junge, „Bitte, lassen Sie mich raus!“

Das Haus Nummer 19 lag etwas abseits, eine kleine asphaltierte Nebenstraße führte ein wenig verwinkelt zu ihm hoch. Instinktiv hatte Bernd aber gerade diesen kleinen Abzweig rechtzeitig gesehen und fuhr hinter anderen, gutbürgerlichen Häusern, die sich regelrecht verbergend vor dieses Haus gestellt hatten, direkt auf die Nummer 19 zu. Noch bevor Bernd seinen Wagen geparkt hatte, verstand er, weshalb der Junge ihn nicht hatte vorfahren lassen wollen.

Das Haus, in dem Christian lebte, war verwahrlost; schäbige Laubengänge, auf denen manche der zahlreichen Bewohner ihre Kinderwäsche trockneten, ermöglichten den Zugang zu verkommenen Türen, hinter denen sich größtenteils noch verkommenere Zimmer verbargen. Zumindest waren viele Fenster vor

Schmutz blind, Unrat lag vor dem Haus neben verbeulten und rostigen Autos, dazwischen aber auch funkelnde Prunkstücke teurer Wagen. Als Bernd mit Christian schweigend eine nach Urin stinkende Freitreppe zum ersten Stock hochstieg und den Laubengang, den sie bis zur dritten Tür durchqueren mußten, entlangging, hörte er mehrere Fernseher quatschen, dazwischen Kindergeschrei und keifende Frauenstimmen. Mit hängenden Schultern blieb Christian vor einer der unfreundlichen Metalltüren stehen, schlug mit der Faust dagegen und rief: „Papa, bist du da? Mach auf!"

Es dauerte ein Weilchen, dann hörte Bernd von innen schlurfende Schritte und ein unglaublich fetter, vor Schweiß triefender Mann in schmutzigen Unterhosen öffnete die Tür.

„Papa", sagte Christian, „ich hab' Besuch mitgebracht. Zieh dir was an, bitte, ja?"

Die ganze Körperhaltung des Jungen drückte eine flehentliche Bitte aus, aber den Mann schien das nicht zu erweichen, mit grimmigen Schweinsäuglein musterte er Bernd.

„Was wollen Sie?" fragte er scharf. „Woher kommen Sie? Ich kenn' Sie nicht. Sind Sie ein neuer Sozialarbeiter? Jugendamt oder Sozialamt oder vielleicht sogar Gesundheitsamt? Ich lass' Sie nicht rein. Melden Sie sich gefälligst vorher an! Ach ja, zeigense mal erst Ihren Dienstausweis."

Mühsam fingerte Bernd seinen Dienstausweis hervor. Der Mann erschrak.

„Ach du Scheiße", sagte er nach einem kurzen Blick, „Christian, du Bengel, was hast du nur ausgefressen? Kommen Sie doch bitte rein, brauchen wir ja nicht hier draußen erörtern, das Ganze."

Bernd trat ein. Hinter einem engen, zum Platzen vollgestopften Vorraum öffnete sich die Tür zu einer Art Wohnküche, eine vollgestapelte Arbeitsplatte über einer offenen Waschmaschine, vor der gerade ein Korb mit dreckiger Wäsche wartete, eine mit schmutzigem Geschirr vollgestopfte Spüle, ein verklebter Herd. Davor ein abgeschabtes, aus der Form geratenes Ledersofa und ein Hocker, ein verfleckter Sofatisch, darauf auf einem Stück Zeitungspapier ein frisch aufgeschnittenes Brötchen, mit dicken Scheiben Fleischwurst belegt. Der fette Mann räumte Zeitungen und Wäschestücke auf dem Sofa zur Seite und bedeutete Bernd jetzt mit überraschender Freundlichkeit, sich zu setzen.

„Iss'n bißken unordentlich zur Zeit", nuschelte er, „hab' die letzte Zeit 'n bißken viel Streß gehabt."

Bernd setzte sich auf das Sofa. Ein ungepflegter kleiner Hund kläffte plötzlich aus der linken Seite der Küche auf ihn los und ließ sich nicht beruhigen, obwohl der dicke Mann mehrfach mit der Zeitung nach ihm schlug und „Aus!" keuchte. Bernd überwand seinen Ekel und begann den Hund hinter den Ohren zu kraulen. Der Hund beruhigte sich.

„Kann ich Ihnen eine Tasse Kaffee anbieten?" fragte der Mann.

Bernd schaute ihn freundlich an. „Oh ja", sagte er, „das wäre wirklich nett."

Der fette Mann wuchtete sich von dem Höckerchen, auf dem er Platz genommen hatte, wieder hoch und holte aus einem Schrank, der in der rechten Ecke der Küche stand, eine saubere Tasse.

Erst jetzt bemerkte Bernd das Gespenst. Es saß regungslos in unbequemer Haltung auf einem Stuhl neben dem Schrank und starrte Bernd mit glühenden Augen an. Es hatte wirre, verfilzte graue Haare und war bis auf das Skelett abgemagert, nur eine runzlige Haut überzog die Knochen, in dem leicht geöffneten Mund waren ein paar verfaulte Zahnreste zu sehen. Es trug ein verschmutztes, ehemals gelbes T-Shirt, eine vormals braune, abgeschabte Cordhose und an den knochigen Füßen, deren Nägel wie Krallen gewachsen waren, Badelatschen.

„Guten Tag“, sagte Bernd höflich. „Darf ich mich vorstellen? Mein Name ist Bosch.“

„Liebling, er ist von der Polizei“, sagte der fette Mann weich. „Christian hat wohl wieder was ausgefressen.“ Abrupt wandte er sich an Bernd. „Aber mein Junge ist ein guter Junge“, begann er eifrig, „wirklich ein herzensguter Junge. Nur mit der Sozialhilfe und so, da kommt man nicht weit. Außerdem ist das sicher nicht auf seinem Mist gewachsen. Da haben ihn andere verführt. Ich sag' ihm immer, zieh nicht mit diesem Pinky und der Lola los, die haben einen schlechten Einfluß auf dich. Er ist aber wirklich ein guter Junge, können Sie mir glauben, der tut im Grunde nichts Böses. Wahrscheinlich war er eigentlich gar nicht beteiligt.“

„Woran?“ fragte Bernd überrascht.

„Ja, woher soll ich das wissen?“ rief der fette Mann empört. „Sie sind doch von der Polizei!“

„Papa“, sagte Christian und verdrehte verärgert die Augen, „ich hab' überhaupt nichts ausgefressen. Es geht um was ganz anderes.“

Plötzlich kam Leben in das Gespenst. Aufgeregt wippte es mit dem Oberkörper auf und ab, dabei heftig die Luft einziehend und wieder ausstoßend. Es machte dabei Geräusche, mühsame Laute, die Bernd nicht verstand, aber der fette Mann und Christian schienen angespannt zuzuhören.

„Nee, Mama“, erwiderte Christian, „der soll jetzt nicht weggehen, der ist wegen was ganz Wichtigem hier.“ Dann drehte er den Kopf zu seinem Vater. „Papa“, bettelte er, „ich bräuchte mal deine Unterschrift. Ich könnte 'ne Lehrstelle haben. Bitte, Papa, ist bei Opel Derrntrei, bitte, bitte, bitte.“

Der fette Mann richtete sich auf. Alle Leutseligkeit war aus seinem Gesicht verschwunden. Hart blitzten die Schweineäuglein. „Kommt gar nicht in Frage!“ donnerte er. Dann nahm er sich wieder zusammen. Zuckersüß lächelte er Bernd an.

„Sie müssen das verstehen, wir können uns das eben nicht leisten", sagte er. „Meine Frau – sehen Sie ja selbst – ist psychisch krank und muß rund um die Uhr gepflegt werden. Ich brauch' den Jungen hier. Hab' einfach nicht das Herz, ihr ins Heim zu stecken. Häng' irgendwie an ihr. Und das geht nicht anders. Ich kann nicht auf den Jungen verzichten. Der kann wohl mal raus, aber tagsüber, wenn ich einkaufe oder zum Amt muß, brauch' ich den hier. Ich kann sie nicht allein lassen, sonst haut die ab und wühlt in die Mülltonnen. Oder die kommt unters Auto. Und außerdem können wir uns das finanziell nicht leisten. Wenn der Junge inne Lehre kommt, brauch' er zusätzlich Zeug und so zum Anziehen, weiß ich gar nicht, wo wir das hernehmen sollen. Lehrgeld is ja wirklich nicht so viel, dann muß er noch 'ne Fahrkarte haben und dort essen, da bleibt dann weniger als von Sozialhilfe. Das geht eben nicht. Sie verbraucht immer viel Klamotten, macht die Sachen immer so kaputt und essen tut se auch viel, auch wenn man ihr das nicht ansieht, und das Auto brauch' ich auch, schon allein wegen der Arztbesuche. Nee, 'ne Lehre is da nicht drin. Geht eben nicht. Tut mir auch leid für den Jungen, aber geht wirklich nicht."

Plötzlich schaukelte das Gespenst wieder hin und her. Jetzt verstand Bernd auch, was sie so mit Mühe aus sich herauspreßte: „Geht nicht, geht nicht, der soll weg, weg weg weg, die holen mich jetzt, ich will nicht, ich will nicht, weg, weg, weg!" Ihre Stimme wurde immer lauter und deutlicher, jetzt schrie sie gellend, auch das Schaukeln hatte aufgehört: „Rausrausrausrausraus!"

„Hej", sagte der fette Mann. Er stand auf, strich ihr mit einer Zärtlichkeit, die Bernd nicht verstehen konnte, über das ausgezehrte Gesicht: „Ruhig, Schatz, ruhig, ist doch gut, ist doch gut." Tatsächlich beruhigte sich das Gespenst und versteinerte wieder.

Bernd trank seinen Kaffee aus. „Falls Sie nicht bereit sind zu unterschreiben“, sagte er mit plötzlicher Strenge, „werde ich mich leider an das Jugendamt und den zuständigen Familienrichter wenden und eine einstweilige Anordnung des Familiengerichts erwirken müssen.“

Der fette Mann lachte höhnisch. „Na, dann erwirken Sie mal. Bis ein Amt in die Gänge kommt, vergehen Jahre.“

Bernd stand auf. „Wir werden sehen. Komm, Christian!“

Tatsächlich folgte Christian ihm. Auf dem Parkplatz vor dem Haus brach er plötzlich sein Schweigen. „Die, die beim Jugendamt für mich zuständig ist, hat ihr Büro über der Stadtbücherei. Die heißt Blohmeier. Ist nicht so übel.“

Schweigend fuhren sie zurück in das Stadtzentrum. „Am besten parken Sie vor dem Teppichgeschäft“, sagte Christian.

„Danke für den Tip“, sagte Bernd.

„Vielleicht ist die Blohmeier noch da!“ hoffte Christian. „Die haben nämlich eigentlich ab 16 Uhr Feierabend. Aber sie hat mir mal gesagt, ich darf sie auch zu Hause anrufen, wenn es unbedingt sein muß.“

Bernd wunderte sich über die plötzliche Entschlossenheit, mit der Christian auf das Hochhaus zuging, in dem das Jugendamt untergebracht war.

„Die Blohmeier ist nicht so übel“, wiederholte er. Sie gingen durch einen gefliesten Gang zu einem Aufzug, mit dem sie in den vierten Stock fuhren. Das Jugendamt bestand aus einem Flur, in der einen Ecke hatte man einen kleinen Teppich mit Spielzeug ausgelegt. Christian ging durch den Gang mit einer Sicherheit, als sei er ihm gut bekannt. Ohne nach dem Namensschild schauen zu müssen, klopfte er an eine der Türen.

„Herein“, rief eine Frauenstimme.

Erleichtert strahlte Christian auf. „Sie ist noch da“, wisperte er und öffnete die Tür.

So dreckig es bei Christian zu Hause gewesen war, so sauber war es hier im Büro. Frau Blohmeier war circa vierzig Jahre alt, eine schlanke, gepflegte, gutaussehende Frau, die hinter einem Schreibtisch saß, etwas in eine grüne Akte schrieb und dabei eine Zigarette rauchte.

„Hallo, Christian", lächelte sie, „was ist los? Ich hoffe doch sehr, daß du heute nicht einen Polizisten dabei hast?"

„Doch, der ist wohl von der Polizei, aber ich hab' nix ausgefressen. Das ist der Herr Bosch und der hat mir 'ne Lehrstelle besorgt!"

„Wie, eine echte Lehrstelle?" staunte Frau Blohmeier. „Heutzutage?" „Ja, tatsächlich", versicherte Christian. „Hier ist mein Vertrag. Sagen Sie, müssen Sie den unterschreiben oder mein Vater?"

Frau Blohmeier entrollte den Vertrag und begann ihn aufmerksam durchzulesen. „Ich muß das machen", sagte sie dabei. „Hab' ich dir doch erklärt. Ich hab' das Sorgerecht für dich. Solche Sachen, da mußt du immer zu mir kommen."

„Ach", sagte Bernd mit plötzlich aufwallender Empörung, „wenn Sie das Sorgerecht haben, weshalb lebt der Junge dann in dieser Wohnung da an der Lehnbergstraße?" Die Sozialarbeiterin betrachtete ihn kühl und ließ für einen Moment das Dokument sinken.

„Weil er das so möchte", erwiderte sie und vertiefte sich wieder in den Vertrag.

„Stimmt echt", wisperte Christian.

Frau Blohmeier hatte die Lektüre des Vertrages beendet. Schwungvoll unterschrieb sie und setzte noch ein paar Stempel dazu. „Spitze!" sagte sie zufrieden. „Das solltest du heute abend aber wirklich feiern!"

„Geht nicht", strahlte Christian, „ich muß morgen früh schon anfangen und da muß ich fit sein!"

„Das ist die richtige Arbeitshaltung", lobte Frau Blohmeier.

„Guck mal wieder rein und erzähl mir, wie's so ist, ja?"

Christian nickte. „Danke, ne?" rief er und zog Bernd eilig aus dem Büro. „Wir müssen jetzt echt schnell machen", sagte er, „könnten Sie mich eben noch mal fahren?"

„Klar", sagte Bernd.

Die Übergabe des Vertrages an den Meister stellte schließlich doch noch eine letzte Hürde dar. Auf dem Firmenparkplatz stemmte Christian sich plötzlich gegen das Armaturenbrett und sagte: „Und was mache ich, wenn der niemanden nimmt, wo das Jugendamt Vormund von ist?"

„Ach du liebe Zeit", meinte Bernd überrascht. Daran hatte er nicht gedacht. „Ich komme mit", entschied er. „Dann wird es schon gutgehen."

Aber Christian hatte so unrecht nicht gehabt: „Aha", sagte der Meister gedehnt, „du hast 'nen Amtsvormund. Soso. Hättest du eigentlich sagen können, nicht wahr? Ist ja meist nicht so'n Qualitätsmerkmal, was?"

Christian stand mit hängenden Schultern vor dem Meister und sagte nichts.

„Verdammt noch mal!" brach es aus Bernd hervor. „Dafür kann doch der Junge nichts. Man muß ihm doch auch mal 'ne Chance geben!"

Der Meister grinste hämisch: „Die Polizei, dein Freund und Helfer. Glauben Sie im Ernst, daß Sie einen Kriminellen bekehren können?"

„Aber er ist doch gar nicht kriminell!" rief Bernd empört. „Er hat eine Aussage gemacht als Zeuge, das ist alles!"

„Na, Ihr Wort in Gottes Ohr", sagte der Meister und schaute Bernd belustigt an. Dann wandte er sich abrupt an Christian. „Hör zu, Junge, deinem Freund zuliebe will ich dir mal 'ne Chance geben. Aber einmal lange Finger gemacht – und dann fliegst du raus! Ich regle so was übrigens auf meine Art, da hast du bei Gericht nicht viel Chancen, falls du glaubst, du könntest mich irgendwie linken. Kapiert?"

Christian nickte. „Ich will Sie gar nicht linken", entgegnete er scheu.

„Na gut", sagte der Meister freundlicher. „Laß uns mal jetzt Feierabend machen. Morgen früh Punkt sieben. Und wenn ich sage, Punkt sieben, dann meine ich auch Punkt sieben."

„Klar!" nickte Christian eifrig.

Auf dem Firmenparkplatz stieg Christian in Bernds Auto ein und wirkte in Gedanken versunken.

„Ist es O.K., wenn ich dich bei der Polizei rauslasse?" fragte Bernd. „Ich muß noch ein bißchen was arbeiten, verstehst du?"

„Kein Problem", sagte Christian, immer noch etwas abwesend, „Polizeiparkplatz wäre prima."

Auf dem Weg zum Polizeipräsidium war der Junge so schweigsam und in sich gekehrt, daß Bernd sich allmählich Sorgen machte.

„Kriegst du großen Streß zu Hause?" fragte er schließlich. Christian schaute überrascht auf. „Nö", sagte er, „das geht schon klar. Mein Papa ist in Ordnung, echt, der tut eigentlich alles für mich, wenn er kann."

„Sah vorhin aber nicht so aus", zweifelte Bernd.

„Nein, echt, keine Sorge. Der braucht das immer erst mal, so ein bißchen auszuflippen, und hinterher ist er dann wieder ganz friedlich. Der kriegt sich schon ein, und wahrscheinlich erzählt er morgen schon allen im Haus, daß ich 'ne echte Lehrstelle hab und was Richtiges lerne. Da platzt der bald vor Stolz."

„Und weshalb soll das finanziell nicht gehen?" fragte Bernd. Christian schwieg einen Moment.

„Muß gehen", sagte er plötzlich mit einer Entschlossenheit, die Bernd überraschte. „Wird auch gehen", setzte er dann etwas weicher hinzu.

„Na gut", meinte Bernd. „Dann lass' ich dich jetzt raus. Alles Gute!"

Überraschenderweise antwortete der Junge nicht und machte auch keine Anstalten, das Auto zu verlassen. Statt dessen war eine merkwürdige Veränderung in ihm vorgegangen, er war wieder rot angelaufen, schwitzte heftig und rieb in großer innerer Anspannung seine Hände an den Oberschenkeln.

„Da is' noch was", quetschte er nervös hervor.

Bernd lächelte. „Schon gut. Ich weiß schon, daß du dich freust. Große Dankesreden brauche ich gar nicht. Mach's einfach nur gut, ja?"

Christian starrte ihn an und schüttelte den Kopf. „Deswegen nicht", sagte er. „Ich mein', Danke muß ich natürlich auch sagen, klar. Aber das hab' ich jetzt gar nicht gemeint."

„Was denn?" fragte Bernd etwas erstaunt.

Der Junge holte mehrfach tief Luft, aber erst nach einigen Anläufen gelang es ihm zu sprechen. „Ich hab' Ihnen doch von diesem BMW erzählt. Den sollten Sie echt suchen."

Bernd lachte. „Ach ja, der Bielefelder Wagen. Sag mal, kann es sein, daß du dich vertan hast mit dem Kennzeichen? Wir haben alle Bielefelder Wagen, auf die deine Beschreibung paßt, überprüft, aber keiner davon war am Montag in Gelsenkirchen."

Der Junge sank in sich hinein. Jetzt versteckte er sein Gesicht zwischen den Händen, trotzdem sprach er deutlich genug, damit Bernd ihn verstehen konnte.

„Dann kam der Wagen aus Düsseldorf", sagte er.

Bernd sah ihn überrascht an. „Wie meinst du das?"

Christian nahm die Hände von seinem Gesicht. Mit dem Ausdruck verzweifelter Ergebenheit schaute er Bernd flehentlich an. „Da war noch ein Paar Nummernschilder", sagte er, „unter dem Beifahrersitz. Kennzeichen aus Düsseldorf."

„Woher weißt du das?" fragte Bernd forschend.

Der Junge seufzte. Dann schaute er auf seine Füße. „Ich hab' das Auto aufgemacht. Die Scheibe auf der Beifahrerseite müßte übrigens beschädigt sein, naja, ist halt kaputtgegangen dabei, is' ja so, ne? Und das Radio war'n gutes, hab' ich aber schon verkauft. Philips, diese teuren. Sogar 'n CD-Player mit dabei, so'n kleiner Stereoturm. Echt'n geiles Teil. Naja, und im Handschuhfach warn nur so Landkarten. Und 'n nagelneuer Stadtplan von Gelsenkirchen. Sonst nix, was ich brauchen konnte. Und unter dem Vordersitz guck' ich halt auch immer. Manche verstecken da Kameras oder sogar Portemonnaies. Aber bei dem Auto fand ich halt nur diese komischen Nummernschilder, richtig echte. Da hab' ich natürlich Panik gekriegt, weil da noch TÜV-Plaketten drauf waren und so. Ich hab' gedacht, da bin ich wohl echten Profis in die Quere gekommen. Deshalb hab' ich Schiß bekommen und hab' mich schnell in den Wald verkrümelt, weil da kann man solche Sachen immer ganz gut verstecken. Ich mein', wir haben da halt so'n Versteck."

Bernd schaute ihn aufmerksam an. „Pinky, Lola und du?" fragte er. Christian nickte. „Ja, die verticken dann immer die Sachen", sagte er bekümmert. „Komm' ich jetzt ins Gefängnis? Zeigen Sie mich jetzt an?"

„Weiß ich noch nicht", sagte Bernd nachdenklich. „Am besten, du fängst morgen erst mal mit der Arbeit an. Alles weitere wird sich schon finden."

Christian nickte. „Egal. Irgendwie bin ich auch froh, daß ich das mal gesagt hab'. Ich will ja jetzt ein richtiges Leben anfangen und da ist mir lieber, ich mach' mal reinen Tisch. Und daß die vielleicht ein Baby umgebracht haben, ist so 'ne Riesensauerei, da konnt' ich jetzt sowieso die ganze Zeit nicht richtig schlafen, weil ich immer gedacht habe, eigentlich müßte ich doch was sagen."

Bernd lächelte. „Bist 'n feiner Kerl", sagte er und klopfte dem Jungen auf die Schulter. „Jetzt sieh mal zu, daß du zu Hause mit deinen Eltern ins reine kommst! Hm? Wird schon alles gut werden. Ach ja, und wenn du in Zukunft irgendwelche krummen Dinger drehst, reiße ich dir höchstpersönlich den Arsch auf, klar?“

Christian grinste. „Dann ist mein Arsch schon viergeteilt“, lachte er.

Bernd lachte auch. Christian stieg aus. Bevor er ging, wandte er sich noch mal kurz um. „Danke, ne?“ sagte er und ging dann rasch davon. Bernd schaute ihm eine Weile nachdenklich hinterher.

In Frankfurt hatte der Oberarzt alle Röntgenbilder und auch die des Computertomographen an einen großen Bildschirm gehängt. Die Assistenzärztin stand neben ihm und betrachtete immer wieder die Aufnahmen.

„Sagen Sie mal“, fragte sie interessiert, „ist das irgendwie Verwandtschaft vom Chef?“

„Logo“, grinste der Oberarzt, „ich glaub’, ist sogar ’ne Nichte, die Kleine.“ Er legte den Kopf schräg und ließ sich den Namen auf der Zunge zergehen. „Alexandra Katharina Breitenbach – da gibt’s viel Name fürs Geld, was?“

„Nur vom Feinsten“, sagte die Assistenzärztin. In diesem Moment trat der Chefarzt ein.

„Tut mir leid, daß Sie so lange warten mußten“, schnarrte er. „Aber Sie verstehen, die Kommission war sehr wichtig für unsere weitere Arbeit. Da kann man nicht einfach zu den Herren von den Kassen sagen: ‘Meine Herren, Sie entschuldigen mich jetzt bitte, weil ich mich um meine Patienten kümmern muß.’ Patienten, die interessieren heute im Medizinbetrieb nicht mehr, die sind unwichtig geworden. Jetzt geht es nur noch darum, Politikern und Kassenverwaltern möglichst viel Honig um den Bart zu schmieren! Kein Wunder, daß die AOK sich schon ‚Gesundheitskasse‘ nennt. Mit kranken Menschen wollen die ja gar nichts mehr zu tun haben. Nur noch Geld scheffeln für noch mehr Prunkpaläste und noch mehr Verwaltungsheinis, und Krankheiten darf man dann einfach nicht mehr haben, dann fliegt man eben raus!"

„Waren Sie erfolgreich?" fragte der Oberarzt.

Der Chefarzt setzte sich auf seinen Drehstuhl vor dem Bildschirm für die Röntgenbilder. „Ich hoffe es", sagte er müde. „Na, doch, ich glaube schon. Sie wirkten ganz wohlwollend, als sie gingen. Wir sind immer noch gut im Rennen für ein Kernspingerät. Und unsere Krebsabteilung bleibt uns erhalten. Das ist ja das Wichtigste. Echte Zweifel habe ich natürlich nicht gehabt, aber so ein Rest Unsicherheit bleibt ja immer."

Der Oberarzt und die Assistenzärztin nickten. Der Chefarzt lächelte.

„Sie haben auch noch die Stellung gehalten, Frau Collega?" fragte er in weicherem Tonfall.

Sie nickte eifrig. „Wir haben da einen sehr interessanten Befund", platzte sie heraus.

„Ach ja?" fragte der Chefarzt leicht belustigt. „Na, dann wollen wir doch mal sehen." Und mit elegantem, jahrelang geübtem Schwung wandte er sich den Röntgenbildern zu. Nachdenklich schaute er die Bilder durch.

„Mein Gott, warum habt ihr denn so viele Aufnahmen gemacht?" fragte er etwas verärgert. „Kind in zwei Ebenen, was? Sie sollten doch nur ein Computertomogramm machen. Was sollen denn hier die ganzen Knochen? Die sind doch völlig normal! Wichtig ist doch nur der Defekt links temporal! Der kommt doch hier schön zur Geltung! Was soll der ganze andere Quatsch!"

„Das ist eben der besondere Befund", erwiderte der Oberarzt. „Gerade hier zeigt sich doch, daß die gesamte Verknöcherung bei diesem Kind vorzeitig abläuft. Wir vermuten eine Kraniosynosthose. Allerdings haben wir festgestellt, daß das Knochenalter insgesamt weit vorangeschritten ist. Wenn ich mal ins Detail gehen darf?"

„Sie dürfen", murmelte der Chefarzt, vertieft in die Aufnahmen.

„Hier", sagte der Oberarzt, zog einen wie einen Kugelschreiber aussehenden Metallstab auseinander und tippte auf ein Bild. „Es fällt auf, daß dieses Kind mit einem tatsächlichen Alter von sechs Monaten bereits sieben Zähne hat, und die Fontanelle schon fast vollständig geschlossen ist. Das ist zwar sehr selten, aber noch denkbar. Überraschend ist aber, daß wir hier am Hüftkopf bereits den vollständigen Kern haben. Nun gut, läßt sich auch noch vereinbaren. Aber hier, das Triquetrum, die Daumenepiphyse und die Radiusepiphyse, alle schon da! Mit anderen Worten, das Kind hat zusätzlich zu dem Hirnschaden, der vermutlich ohnehin schon gut bekannt ist, auch noch eine vorzeitige Verknöcherung des Skelettsystems. Das ist doch wirklich ein außergewöhnlicher Befund!"

Der Chefarzt lehnte sich zurück und begann schallend zu lachen. „Dies ist der vollkommen regelgerechte und normale Knochenbefund eines circa 10 bis 14 Monate alten Kindes. Die Tatsache, daß die MTA sich offensichtlich mit dem Geburtsdatum vertan hat, impliziert nicht das Vorliegen einer so schweren Erkrankung."

Er kicherte noch ein Weilchen, während der Oberarzt und die Assistenzärztin beleidigt vor sich hin guckten. Dann beugte der Chefarzt sich vor. „Passen Sie mal auf", sagte er versöhnlich, „wenn Sie sich diese Knochen mal richtig ansehen, die sind doch in Aufbau und Strahlendurchlässigkeit völlig regelgerecht, nicht wahr? Keine Unregelmäßigkeiten im Kalkgehalt, keine Auftreibungen, keine fleckigen Schatten, nichts! Na – da liegt doch wohl zunächst einmal der Gedanke nahe, sich zu überlegen, ob vielleicht einfach beim Geburtsdatum eine falsche Eingabe erfolgte."

Die Assistenzärztin war ernsthaft beleidigt und enttäuscht. Sie suchte den Anforderungsschein hervor und studierte ihn nachdenklich. Dann wies sie ihn empört vor: „Haben Sie selbst geschrieben."

Der Chefarzt lächelte. „Aber ich kann mich doch auch einmal irren, nicht wahr?" Etwas verärgert zuckte die Assistenzärztin die Achseln.

„Außerdem ist das mit dem Geburtsdatum ohnehin ungewiß", sagte der Chefarzt sehr ernst. „Das ist eine bittere Geschichte. Mein Bruder hat dieses Kind aus dem Ausland adoptiert und keine Ahnung gehabt, daß es sich um ein behindertes Kind handelt. Davon war ihm nichts gesagt worden. Man hat ihm ein gesundes, sechs Monate altes Kind in Aussicht gestellt und statt dessen hat er nun ein deutlich in der körperlichen Entwicklung retardiertes, ungefähr ein Jahr altes Kind mit schwerem Hirnschaden."

Betroffen starrten der Oberarzt und die Assistenzärztin ihn an. „Und nun?" fragte die Assistenzärztin.

Der Chefarzt zuckte mit den Schultern. „Keine Ahnung. Meine Schwägerin ist völlig überfordert. Ich glaube nicht, daß die überhaupt damit fertig wird, noch dazu, wo dieses Kind völlig verhaltensgestört ist."

„Nein", sagte die Assistenzärztin eifrig, „verhaltensgestört ist die Kleine nicht. Die hat nur eine Hemispastik, deshalb zittert sie so komisch mit dem rechten Ärmchen und Beinchen, sonst ist es eigentlich ein ganz Süßes, man kann sie ganz gut beruhigen."

Der Chefarzt zuckte mit den Schultern. „Tja", sagte er in einem Tonfall, der die Diskussion beendete. „Dann wollen wir mal gucken, was sonst noch so anliegt."

Währenddessen trat Bernd in sein Büro. „Hi!" sagte Addi, der gerade eine Telefonnummer wählte. Dann bedeutete er Bernd mit der Hand zu schweigen und lauschte angespannt ins Telefon. Eine ganze Weile wartete Bernd, dann knallte Addi verärgert den Hörer auf. Mit Schwung drehte er sich zu Bernd um.

„Wo warst du um 17 Uhr 3?“ donnerte er plötzlich streng.

Bernd erschrak. „Wieso?“

Über Addis Gesicht breitete sich ein strahlendes Lächeln aus. „Weil ich dich da dringend gebraucht hätte.“

„Warum?“ fragte Bernd verblüfft.

„Um mit dir anzustoßen. Jetzt müssen wir erst mal von irgendwoher einen Sekt besorgen. Erreichen kann ich sowieso nichts mehr, haben wohl schon alle Feierabend, ist nirgendwo mehr einer da.“

In diesem Moment klopfte es an die Bürotür und Schulte-Loh trat ein. „Guten Abend, meine Herren. Was gibt es Neues?“

Addi reckte sich zu seiner vollen Sitzgröße. „Eine neue, nicht unerhebliche Spur“, erklärte er. Bernd und Schulte-Loh sahen ihn gespannt an. Aber Addi redete nicht weiter, sondern grinste nur zufrieden in sich hinein. „Was denn?“ fragte Schulte-Loh erwartungsvoll.

„Ich habe ein Pärchen ausfindig gemacht, das vor vier Wochen von Düsseldorf nach Rio de Janeiro geflogen und vor neun Tagen aus Rio de Janeiro wieder nach Düsseldorf zurückgekehrt ist. Allerdings hatten sie auf dem Rückweg eine kleine Tochter von sechs Monaten, die sie auf dem Hinweg noch nicht hatten. Mit den üblichen biologischen Methoden ist das nicht zu schaffen.“ „Wahnsinn!“ stöhnte Bernd. „Das hast du rausgekriegt?“

Addi grinste. „Paß mal auf, was jetzt kommt“, strahlte er. „Kommt noch mehr.“ Bernd und Schulte-Loh schwiegen jetzt voller Spannung. Addi reckte und streckte sich noch ein wenig und genoß sichtlich die Situation. „Tja“, sagte er endlich, „ich will mal nicht so sein und den Rest auch verraten. Das Ehepaar hieß Schneider, und ratet mal, wo sie herkamen!“

„Aus Bielefeld“, kam es von Schulte-Loh. Bernd sah ihn überrascht an. Addi grinste. „Jetzt haben Sie mir glatt die Show gestohlen", sagte er gutgelaunt.

„Ist nicht wahr!" sagte Schulte-Loh.

„Doch, doch", versicherte Addi. „Ich wollte eigentlich noch einen kleinen Tusch von mir geben – tatatataa – aber da sagen Sie schon ganz nüchtern einfach so: aus Bielefeld. Jawohl, Herr Staatsanwalt, Sie haben vollkommen recht, Herr und Frau Schneider stammen aus Bielefeld. Na, wie finden Sie das?"

„Phantastische Arbeit geleistet", lobte Schulte-Loh. "Wirklich ausgezeichnet. Wir müssen also Bielefeld noch einmal nach diesem BMW umkrempeln. Die Suche sollte auch auf Mercedesse und Volvos ausgedehnt werden. Wir werden das Auto der Eheleute Schneider, das Montag am Westerholter Wäldchen geparkt hat, schon finden. Das heißt, in erster Linie müssen wir natürlich die Eheleute Schneider ausfindig machen."

Addi drehte sich zu Bernd. „Hast du den Jungen noch mal wegen des BMW befragt?" sagte er.

Bernd nickte. „Tja, leider eine kleine Enttäuschung – der BMW kam gar nicht aus Bielefeld."

„Sondern?"

„Aus Düsseldorf am Rhein."

Schulte-Loh schüttelte überrascht den Kopf. „Wieso denn aus Düsseldorf?"

„Also, der Bengel, dieser Christian Westerfänger, hat mir eben gestanden, daß er den Wagen aufgebrochen hat, indem er das Seitenfenster an der Beifahrerseite eingedrückt hat. Dann hat er den Stereoturm – Marke Philips, mit CD-Player – geklaut und sich auch sonst nach Wertsachen umgeschaut. Dabei fielen ihm Nummernschilder mit gültigen TÜV-Plaketten unter dem Beifahrersitz auf. Daraus schloß er, es mit Autodieben zu tun zu haben, und flüchtete mit seiner Beute in den Westerholter Wald, wo er zusammen mit seinen Komplizen ein Versteck für Diebesgut hat. Die Nummernschilder unter dem Beifahrersitz hatten ein Kennzeichen aus Düsseldorf."

„Ich glaub' es nicht!" stöhnte Addi.

„Toll", sagte der Staatsanwalt. „Dann können wir ja wirklich für heute Feierabend machen. Ich habe einen Bekannten in Düsseldorf, den werde ich gleich morgen um acht anrufen. Jetzt erreiche ich den wohl nicht mehr. Der ist dort auch Staatsanwalt und arbeitet öfter mit der Mordkommission zusammen. Der wird die richtigen Leute auf den BMW ansetzen. Notieren Sie mir bitte noch mal die genaue Beschreibung des Wagens, Herr Bosch, dann gebe ich das nach Düsseldorf durch. Und Sie könnten morgen noch mal mit den Kollegen aus Bielefeld Kontakt aufnehmen, die waren ja sehr hilfsbereit. Die sollen das Ehepaar Schneider in Bielefeld ausfindig machen. Haben Sie noch mehr Daten, Herr Sloterdijk?"

Addi schüttelte den Kopf. „Nur noch die Vornamen."

„Na, das sollte wohl reichen."

Addi nickte. „Die genaue Identität der Kleinen müssen jetzt die Kollegen in Brasilien klären", sagte er. „Aber das wird wohl schnell gehen, meist laufen diese Geschichten semioffiziell über bestochene Standesbeamte, und die Kollegen dort sind heiß darauf, solchen Leuten das Handwerk zu legen. Vielleicht haben wir morgen schon Nachricht – zumindest, wenn die Kleine aus Brasilien selbst kommt, dann sind die dort hinten verdammt fix."

„Warum eigentlich?" wunderte sich Bernd.

Addi schaute ihn verblüfft an. „Na, Handel mit Menschen ist doch wohl ein scheußliches Verbrechen, oder? Und die sind dort noch viel konservativer als wir, ist schließlich ein erzkatholisches Land. Eine Mutter, die ihr Baby verkauft, hat da nichts zu lachen. In deren Haut möchte ich nicht stecken, wenn sie dort ins Verhör genommen wird."

„Aber meist ist doch wirtschaftliche Not der Grund", wunderte sich Bernd.

„Tja“, meinte Schulte-Loh, „trotzdem schäbig, die eigenen Kinder zu verkaufen, oder? Ich meine auch, daß man bei so etwas hart durchgreifen sollte. Überlegen Sie mal, wo das endet, wenn das allgemein üblich wäre!“

Die drei Männer schwiegen einen Moment, dann schaute Addi auf die Uhr. „Jetzt ist es sechs“, stellte er fest. „Dann ist es bei denen nachmittags um drei. Da beginnen die allmählich wieder mit der Arbeit. Will mal sehen, ob ich jemanden erwische. Sonst würde ich gern Feierabend machen. Ich bin völlig erledigt.“

„Haben Sie schon protokolliert?“ fragte Schulte-Loh Bernd. Der schüttelte den Kopf.

„Tja“, sagte der Staatsanwalt, „dann müssen Sie sich noch mal hinsetzen. Ich brauche morgen früh Ihren Bericht, tut mir leid. Aber bevor ich es vergesse: Bei Jostens gibt es nichts Neues. Ich habe heute nachmittag über eine Stunde mit ihnen Kaffee getrunken und geredet. Die beiden sind völlig fertig. Sie werden noch bis morgen stillhalten, aber dann gehen sie an die Öffentlichkeit. Die alte Dame hat schon mit den öffentlich-rechtlichen Sendern Kontakt aufgenommen. Die Familie will eine Belohnung von fünfzigtausend Mark aussetzen, für Hinweise, die ihnen die Tochter wiederbringen. Aber bis morgen abend zu den Acht-Uhr-Nachrichten unternehmen sie nichts. Ich habe übrigens auch Frau Josten senior kennengelernt. Bemerkenswerte Frau, muß ich sagen. Sehr durchsetzungsfähig und läßt sich keinerlei Gefühl anmerken. Wirklich beeindruckend. Und noch was: Alle Ihre blauen Müllsäcke waren leider nicht die gesuchten, Herr Bosch. Aber trotzdem vielen Dank für Ihre Mühe. Aus der Pathologie gibt's noch nichts Neues, die brauchen noch ein paar Tage. Aber sieht so aus, als bliebe es dabei: Die Kleine ist einfach ausgetrocknet wegen eines banalen Durchfalls. Verdurstet. Schrecklich, nicht wahr?“

Die Männer nickten betroffen. „Naja, ich verschwinde dann jetzt. Bis morgen früh. Wollen wir hoffen, daß wir dann auch so viel schaffen wie heute. Sie, Herr Bosch, können ja als erstes versuchen herauszufinden, ob der Diebstahl des Autoradios irgendwo angezeigt wurde."

Der Staatsanwalt verabschiedete sich und ging. Bernd und Addi blieben zurück. Es dauerte noch mehr als drei Stunden, bis auch sie das Büro verließen. Bernd hatte bis dahin seinen Bericht sehr sorgfältig fertiggestellt. Außerdem hatte er voller Hochachtung feststellen können, daß Addi offensichtlich perfekt Portugiesisch sprach. Zumindest hatte er drei Stunden lang auf Portugiesisch geschrien, geflucht, geschmeichelt und sachlich gesprochen. Endlich aber lehnte er sich zufrieden zurück.

„So", sagte er. „Morgen früh, da wette ich drauf, haben wir die komplette Identität der Kleinen und ihrer Mutter. Und mit Sicherheit kriegen wir dann auch weitere Informationen über unser liebes Ehepaar Schneider. Und ich muß jetzt pennen. Ich bin völlig alle."

„Ich auch", sagte Bernd, „aber vor allem hab' ich Hunger bis unter die Achseln."

„Und ich erst!" sagte Addi.

Es war schon dunkel, als der silberne Mercedes elegant in die Hauseinfahrt fuhr. Vorsichtig trug Birgit das endlich eingeschlafene Kind über den knirschenden Kies, während Gernot ihr die Tür aufschloß. Sie bemühte sich, die Schuhe abzustreifen, um auf den blanken Fliesen nicht mit den Absätzen zu klappern, aber es ging nicht gut: sie stolperte. Obwohl sie sich sofort wieder fing, hatte die plötzliche Bewegung das Kind aufgeschreckt, und erneut gellte das schrille Schreien durch das Haus.

Birgit fing an zu weinen. „Ich halte es einfach nicht mehr aus!" schluchzte sie. „Ich kann das nicht verstehen. Ich kann das nicht ertragen!“ Die letzten Worte waren immer lauter geworden, jetzt mit einem kreischenden Unterton.

„Pack das Kind weg!“ brüllte Gernot sie ungehalten an. „Bring sie einfach ins Nachbarzimmer, dann hört sie schon auf“, setzte er in etwas gemäßigterem Tonfall hinzu.

Als Birgit aus dem Kinderzimmer zurückkam, setzten beide sich angespannt auf das große schwarze Ledersofa und lauschten. Tatsächlich ebbte das Geschrei des Kindes allmählich ab, zunächst immer wieder neu aufbrandend, dann wurde es nach und nach kraftloser, bis es schließlich in ein jämmerliches Wimmern überging.

Birgit holte sich eine Flasche Cognac aus dem Barfach der eleganten Schrankwand. „Du auch?“ fragte sie.

Gernot schüttelte den Kopf. „Lieber einen Whiskey“, sagte er. „Am besten das Glas randvoll.“

Sie saßen eine Weile schweigend mit ihren Gläsern und starrten in die bräunlichen Flüssigkeiten, spürten dem heißen Gefühl nach, das der Alkohol in ihren Kehlen hinterließ.

Schließlich ergriff Gernot das Wort. „Schwerer Hirnschaden“, sagte er. Birgit fing wieder an zu weinen. „Das halte ich nicht aus. Das habe ich schon immer gesagt – ich könnte nie und nimmer ein behindertes Kind erziehen. Andere Frauen schaffen das. Ich weiß. Ich bewundere soviel Opferbereitschaft auch sehr. Aber ich – ich kann das einfach nicht. Stell dir vor – sie ist nicht nur Spastikerin, sie ist auch noch geistig behindert! Ich könnte weder das eine noch das andere ertragen. Und dann beides zusammen! Sie wird immer aus dem Mund seibern, sich nie selbst den Hintern abwischen. Das kann ich einfach nicht. Du weißt genau, wie empfindlich ich bin.“

„Meinst du, ich habe Lust, den Rest meines Lebens für einen Krüppel aufzukommen, mit dem ich nicht das geringste zu tun habe?“ gab Gernot zurück. „Naja, ist mir so rausgerutscht. Ich mein’ natürlich, ein Kind mit so einem Hirnschaden. Stell dir mal vor, was so ein Pflegeheim Monat für Monat kostet. Fünftausend Mark! Da werden wir ja arm bei. Und das bei dem Preis, den wir bezahlt haben. War immerhin nicht ganz billig, die Kleine. Das ist doch Wahnsinn!"

„Ich kann sie nicht selbst pflegen", erwiderte Birgit mit kreischender Stimme. „Das kannst du nicht von mir erwarten! Das Kind bereitet mir einen regelrechten Ekel!"

Gernot lachte zynisch. „Bist du verrückt? So ein Kind werden wir doch nicht hierbehalten. Das wäre ja der helle Wahnsinn! Stell dir mal vor, da käme einer von den Kunden hinter! Das geht sowieso nicht, die Kleine muß weg, das ist schon ganz klar. Mit so etwas können wir uns beide nicht belasten."

„Können wir uns denn so ein Pflegeheim überhaupt leisten?"

„Tja, mein Schatz, da wirst du dich wohl etwas einschränken müssen, nicht wahr? Ich übrigens auch. Aber irgendwie würden wir das schon hinkriegen. Nur weißt du was? Ich sehe das überhaupt nicht ein. Wir haben immerhin fünfzigtausend Mark für ein gesundes, blondes, nicht zu klein geratenes Mädchen bezahlt, möglichst noch ein Baby. Von einem behinderten Kind war nie die Rede. Dann hätten wir uns ja auch hier ganz normal eins aus dem Heim holen können – kostenlos! Nee, das laß ich mit mir nicht machen!"

„Und was willst du jetzt tun?"

„Ganz einfach – ich bringe das Blag wieder nach Bielefeld zurück, zu diesen Schneiders oder wie die heißen. Hast du die Adresse noch?"

„Ja, die habe ich aufbewahrt. Vielleicht solltest du erst anrufen?"

„Um Himmels willen, nein. Ich fahre besser direkt hin und knall' denen das Baby auf den Schreibtisch – hier, Leute, habt ihr diese Kreatur wieder, ich hab' kein Interesse daran. So lass' ich mich doch nicht verarschen!"

„Meinst du, sie nehmen das Kind zurück?"

„Müssen die, sonst zeige ich die nämlich an!"

„Aber dann sitzen wir selbst doch auch in der Klemme."

„Ach was, selbst wenn ich 'ne Geldstrafe bekomme, das ist doch harmlos gegen die Kosten, die so ein Wurm verursacht. Stell dir mal vor – Monat für Monat fünftausend Mark! Und da ist noch kein Lutscher, kein Höschen, kein Spielzeug mit drin! Nee, meine Liebe, nicht mit mir!"

Birgit seufzte. „Wie gut, daß dir immer was einfällt", murmelte sie schläfrig. „Ich wär' da nie drauf gekommen, das Kind einfach zurückzubringen."

Freitag

Nachts um zwei liegen auch in São Paulo die meisten Menschen in tiefem Schlaf. Maria Figueiro schlief jedenfalls, tief und traumlos, die Ängste und die Unruhe des letzten Jahres hinter sich lassend. In einem sicheren Versteck unter den Fußbodenbrettern lag das fremde Geld, genug Geld, um mit etwas Glück und konsequenter Sparsamkeit ihren beiden Söhnen die Ausbildung in einem handwerklichen Beruf zu ermöglichen. Wie oft hatte Maria mit der heiligen Mutter Gottes gehadert, die ihren Fehltritt, ihren kleinen, verständlichen Ausrutscher so hart bestraft hatte!

Nun gut, vermutlich war der heiligen Mutter Gottes nicht ganz entgangen, daß dieser kleine Fehltritt sich nun schon seit zwei Jahren fast wöchentlich wiederholte, noch dazu mit einem verheirateten Mann, aber andererseits mußte doch auch die heilige Mutter Gottes eigentlich Verständnis dafür haben, daß eine Frau, die schon mit Anfang dreißig verwitwet ist, gewisse körperliche Bedürfnisse hat und dann unter Umständen nicht widerstehen kann (... schon gar nicht ihm, dem Mann mit dem Lächeln in den Augen ...).

Natürlich war die Schwangerschaft eine Katastrophe gewesen, ein Weltuntergang. Maria konnte immer noch nicht glauben, daß sie es geschafft hatte, Schwangerschaft und Geburt zu verheimlichen. Und dies nicht nur vor ihren beiden Jungen (die für so etwas ja auch gar nicht die richtige Aufmerksamkeit hatten), sondern sogar vor den scharfzüngigen Nachbarinnen, die nur zu gern über sie hergezogen hätten.

Aber nach der Geburt war es erst recht schwer geworden. Sie hatte zwar in den ärmlichen Hütten bald eine schwarze Amme gefunden, die gerne bereit war, Liebe und Milch zu liefern, aber das war ein Dienst, den sich Maria als Verkäuferin auf die Dauer gar nicht leisten konnte, wenn sie ihre Söhne wenigstens bis zum vierzehnten Lebensjahr zur Schule schicken wollte. Monat um Monat hatte die Amme mehr verlangt, nicht viel mehr, aber eben stetig mehr.

Und dann die Möglichkeit, das Problem für immer zu lösen.

Ein wenig komisch war es schon gewesen – das eigene Kind, ihre kleine Carmen, wegzugeben. Aber hatte sie nicht auch für ihr Kind das Beste getan? In den letzten Tagen hatte Maria sich die wunderbare Zukunft ihrer kleinen Tochter ausgemalt. Eine herrliche Zukunft, die diesem Kind in dem fremden, reichen Land bevorstand. Maria sah sie auf einem eigenen Pferd bei der Fuchsjagd in elegantem Reiterdress oder in einem traumhaften Abendkleid bei einem luxuriösen Ball oder auch in schwarzer Robe und diesem viereckigen Hütchen mit der merkwürdigen Quaste, die sich die reichen Mädchen in anderen Ländern immer aufsetzen, wenn sie ein schwieriges Examen abgelegt haben und ihren Berufsweg als Ärztin oder Rechtsanwältin antreten. Sie malte sich die herrlichen Spielsachen in dem ganz in Rosa gehaltenen Spielzimmer aus, die wunderbare, sanfte, liebevolle Mama (ein wenig wie Isabelle Adjani) und den gutaussehenden, beruflich sehr erfolgreichen und großzügigen Papa (eine Mischung aus Robert Redford und Prince Charles). Hätte sie da ernsthaft in Erwägung ziehen dürfen, ihrem Kind diese Zukunft zu verbauen, es dazu zu verdammen, in Armut und ständiger Ungewißheit, wie es weitergehen solle, großzuwerden?

Wohl kaum, und deshalb konnte Maria Figueiro seit zehn Tagen wieder gut schlafen, eingewiegt durch sanfte Träume von Reichtum und Glück, welche nicht ihr, aber wenigstens ihrer Tochter winkten.

Geweckt wurde sie unsanft: brutale Polizeistiefel, die hart auf dem Holzfußboden klangen, rauhe, grobe Hände, die sie aus dem Bett rissen, das haßerfüllte Gesicht eines Kommandanten der Polizeitruppe, die am frühen Morgen kam, um sie zu verhaften.

Nachdem der Kommandant sie gefragt hatte, ob sie ihre Tochter Carmen, geboren am 14. Februar dieses Jahres, an Fremde verkauft habe unter dem Vorwand, ein gewisser Herr Schneider aus Deutschland sei der leibliche Vater des Kindes, und als sie verzweifelt genickt hatte, eröffnete ihr eben dieser Kommandant, daß ihre kleine Tochter in Deutschland so lange von erwachsenen Männern mißbraucht worden sei, bis sie an inneren Verletzungen qualvoll gestorben sei. Diese Schilderung entsprang zwar der freien Phantasie des Kommandanten, verfehlte aber ihre Wirkung auf Maria nicht. Maria registrierte noch die angstvoll aufgerissenen Augen ihrer Söhne, als sie fortgezerrt wurde, hörte kaum den Haß und die Verachtung, mit der ihr das Verhör am nächsten Morgen angekündigt wurde. Zu diesem Verhör kam es nicht mehr, Maria erhängte sich noch in den frühen Morgenstunden in ihrer Zelle.

Am Frühstückstisch las Gernot wieder die Zeitung, zum ersten Mal seit der Stunde Null, wie er das Eintreffen des Kindes bei sich nannte. Birgit hatte wie üblich sehr liebevoll den Frühstückstisch in der großzügigen Küche gedeckt, trank nur schwarzen Kaffee und ungesüßten Grapefruitsaft, während Gernot zwei Brötchen, dick belegt mit Schinken, verspeiste. Hinter der Zeitung hervor gab er seine Regieanweisungen. „Wenn du bitte daran denken würdest, eine Tasche mit den Sachen herzurichten, in denen das Kind gekommen ist, Liebling. Ich denke nicht, daß wir diesen Schneiders auch nur ein Teil überlassen sollten, welches wir angeschafft haben."

„Wie kämen wir dazu!" pflichtete Birgit ihm eifrig bei.

„Ich glaube ja nicht, daß wir von unserem Geld auch nur einen Pfennig wiedersehen", seufzte Gernot. „Das ist meines Erachtens jetzt auch Nebensache. Nur will ich denen natürlich keine müde Mark zusätzlich schenken." Erbittert zermalmte er sein Brötchen. „Naja", sagte er schließlich etwas versöhnlicher, „heute abend haben wir dieses Abenteuer ausgestanden. Wie gesagt, wenn ich heute die Termine erledigt habe, komme ich sofort nach Hause. Es wäre schön, wenn ich noch einen Happen essen könnte, vielleicht Gulasch mit Spätzle?"

„Aber natürlich, Liebling!" zwitscherte Birgit.

„Als Nachtisch hätte ich gerne einen Obstsalat. Ich schätze mal, so gegen zwei könnte ich dann losfahren."

„Das wäre ganz großartig", sagte Birgit.

„Willst du nicht lieber mitkommen?"

„Muß das wirklich sein? Ich meine, selbstverständlich bin ich gerne bereit mitzukommen, wenn das für dich eine Hilfe ist, aber ich habe schreckliche Kopfschmerzen."

„Na, dann leg dich mal besser ins Bett. Falls dieses kleine Monster dich läßt. Lieber wäre mir schon, wenn du auch mitkämst, aber wenn es nicht geht, geht es halt nicht."

Bernd Bosch telefonierte wieder ununterbrochen mit allen Dienststellen des Ruhrgebiets. Routiniert kam ihm jetzt der mittlerweile auswendig gelernte Spruch von dem BMW mit Bielefelder oder Düsseldorfer Kennzeichen, eingedrückter Scheibe und fehlender Autostereoanlage über die Lippen. Ebenso routiniert bedankte er sich für die immer wieder gleiche

Auskunft, daß ein Diebstahl und eine Sachbeschädigung bei einem solchen Wagen nicht gemeldet worden seien.

Addi hingegen telefonierte am Nachbarschreibtisch in etlichen fremden Sprachen, wobei seine Laune offensichtlich immer schlechter wurde, denn er knallte immer giftiger den Hörer auf die Gabel, wenn er wieder ein Gespräch beendet hatte. Mitten in diese Betriebsamkeit kam Schulte-Loh und wartete, bis Bernd und Addi ihre jeweiligen Gespräche beendet hatten.

„Na", fragte er, „was gibt's Neues?"

„Nichts", sagte Bernd. „Die Besitzer von diesem BMW haben den Diebstahl und den Autoaufbruch überhaupt nicht angezeigt, zumindest nicht in unserer näheren Umgebung."

„Tja", meinte Schulte-Loh. „Pech. Na, vielleicht in Düsseldorf. Ich rufe da ja jetzt sowieso an und wollte mir vorher nur Ihren Bericht schnappen."

Bernd gab ihm die Akte, und Schulte-Loh blätterte anerkennend darin herum. „Sehr schöne Arbeit", lobte er mehrfach. Dann schaute er Addi an. „Na, und Sie Sprachgenie?" fragte er.

Addi ballte die Fäuste. „Ich könnte platzen! Die Trottelfrösche haben zugelassen, daß die Mutter von dem toten Kind sich heute nacht erhängt hat, bevor sie überhaupt irgend etwas aus ihr herausgekriegt haben! Es ist nicht zu fassen! Ich telefoniere jetzt seit zwei Stunden wie nicht ganz gescheit, und kein Schwein kann mir sagen, wie diese Schneiders überhaupt aussehen!"

„Tja", sagte Schulte-Loh grinsend, „da wird es Sie wohl kaum trösten, daß diese Schneiders nicht so heißen und sowohl ihre Papiere als auch ihre Bielefelder Nummernschilder offensichtlich gefälscht waren. Die Bielefelder Nummernschilder wurden übrigens vor fünf Jahren gestohlen. Zum Glück sind sie noch nicht wieder neu vergeben worden, sonst hätten wir jetzt die falschen am Wickel!"

Bernd war verblüfft. „Wie haben Sie das denn so schnell herausgefunden?“ fragte er.

Schulte-Loh grinste. „Ich sagte doch, die Bielefelder Kollegen waren außergewöhnlich hilfsbereit. Ich wurde gestern nacht noch von dem Hauptkommissar angerufen und nach dem Sachstand gefragt. Heute morgen hatte ich die Daten auf dem Tisch!“

Addi schaute ihn nachdenklich an. „Überall ordentliche Leute am Werk. Nur hier, wo es am dringendsten ist, wuselt ein Berufsanfänger ganz alleine vor sich hin. Wie kommt das?“

Schulte-Loh zuckte mit den Achseln. „Normalerweise hätten wir jetzt auch eine Kommission von 8 bis 10 Leuten am Werk. Aber die Stammleute sind bis auf Herrn Bosch krank oder im Urlaub, und weiteres Personal kann zur Zeit nicht für die Mordkommission abgezogen werden.“

Addi schüttelte verärgert den Kopf. „Das will mir nicht in den Kopf“, sagte er. „Was kann es denn noch Wichtigeres geben, als einen Mord aufzuklären und eine Entführung zu beenden?“

„Ob es Mord war, wissen wir ja noch gar nicht“, stellte Schulte-Loh richtig. „Außerdem bin ich zuversichtlich, daß nächste Woche wieder reguläre Verhältnisse herrschen. Und so wie's aussieht, kommen wir doch ganz gut vorwärts, oder?“ Er lächelte beide freundlich an.

Addi schüttelte immer noch vorwurfsvoll den Kopf. „Naja“, meinte er, „ich hoffe immer noch, jemanden vom Flugzeugpersonal ausfindig zu machen, der vielleicht eine Erinnerung an Herrn und Frau Schneider aus Bielefeld hat.“

„Wunderbar“, sagte Schulte-Loh. „Ich versuche mal, meinen Bekannten aus Düsseldorf zu erreichen. Grewingholt heißt er. Falls er bei Ihnen anruft, Sie wissen Bescheid. Ich kenne ihn noch vom Studium, er ist auch Staatsanwalt. Vielleicht kann uns die Mordkommission dort Amtshilfe geben. Der Kommissar, ein Herr Werner, soll ja recht tüchtig sein. Ich melde mich, sobald ich etwas habe.“

Bernd schaute Schulte-Loh an. „Soll ich mich mal durch die Autowerkstätten hier durchfragen?"

„Klar sollen Sie das. Haben Sie schon wunde Finger vom Telefonieren?"

„Und wie!" lachte Bernd.

Der Vormittag verstrich, ohne daß Bernd und Addi den Eindruck gewonnen hätten, daß sie weiterkämen. Gegen halb eins schaute Schulte-Loh wieder in ihr Büro. „Wie sieht's aus, meine Herren?"

„Nichts", sagte Addi. „Kein Mensch erinnert sich an das Ehepaar Schneider aus Bielefeld. Es ist zum Mäusemelken."

Schulte-Loh lachte. „Und bei Ihnen, Herr Bosch?"

„Fehlanzeige", erwiderte Bernd. „Im ganzen nordöstlichen Ruhrgebiet gibt es keine Werkstatt, in der die zerbrochene Seitenscheibe eines BMWs, auf den unsere Beschreibung passen könnte, repariert wurde. Nur ein Käfer in Bochum und ein Opel in Oer-Erkenschwick."

„Ich war auch noch nicht sehr erfolgreich", sagte Schulte-Loh. „Der Kollege in Düsseldorf war leider nicht zu erreichen. Ich habe dann versucht, Herrn Werner ans Telefon zu bekommen, aber der ist mit seinen Kindern Zelten gefahren. Tja, es sind Sommerferien in Nordrhein-Westfalen. Immerhin, ich habe eine Kollegin erwischt, die zugesichert hat, ihr Bestes tun zu wollen. Eine gewisse Annegret Dinster. Einen übermäßig sachkundigen Eindruck hat sie mir leider nicht gemacht."

„Wird schon gut gehen", meinte Addi.

„Danke", sagte Schulte-Loh. „Also, die will sich hinter die Geschichte klemmen. Hoffentlich ist sie erfolgreicher als die Kollegen in Bielefeld."

„Und was machen wir jetzt?" fragte Bernd.

„Abwarten", sagte Schulte-Loh. „Nein, das heißt, ich hätte gerne, daß Sie beide mich begleiten. Ich möchte noch mal bei

Jostens vorbeigehen. Es wäre mir lieb, wenn Sie beide mitkämen, damit Familie Josten merkt, daß wir uns bemühen."

„Sie meinen", kam es ein wenig vorwurfsvoll von Addi, „Familie Josten soll nicht merken, wie wenig sich die Gelsenkirchener Polizei bemüht."

„Stimmt ja gar nicht", wiegelte Schulte-Loh ab, „es gibt halt ein paar äußere Rahmenbedingungen, mit denen wir klarkommen müssen."

„Hat man eigentlich versucht, Kollegen wieder aus dem Urlaub zurückzuholen?"

„Hat man. Schürmann besorgt sich gerade eine Pizza, dann hält er hier erst mal die Stellung, bis wir von Jostens wieder da sind. In der Zwischenzeit liest er sich schon mal in unsere Ermittlungen ein."

„Ach", sagte Bernd, „Schürmann ist wieder aufgetaucht?"

Der Staatsanwalt nickte. „Gott sei Dank! Kolecki ist übrigens nach wie vor nicht zu erreichen. Naja, und Rogalla und Schneider sind wohl nicht einsatzfähig, hat keinen Zweck, es überhaupt zu versuchen."

„Schneider?" lachte Addi.

„Reiner Zufall", sagte Schulte-Loh. „Hat nichts mit den Entführern zu tun, das ist nur der Stellvertreter von unserem Kriminalkommissar Rogalla."

Inzwischen tauchte Schürmann auf, eine Wolke von Pizzageruch in den Raum bringend. „Hallo, ich grüße Sie", sagte er gutgelaunt. „Na, ist der Fall schon kurz vor der Aufklärung? Ich wär' ja verdammt gern noch übers Wochenende da unten in Süddeutschland geblieben. Demnächst muß ich übrigens gewaltig einen ausgeben. Ich werd' Opa. Meine Frau und ich, wir haben uns schon für den Großelternverein von unserm Kegelklub angemeldet, aber da muß das Baby erst mal da sein. Obwohl – die sieben Monate schaffen wir auch noch, haben ja jetzt lange genug drauf gewartet, daß sich endlich was tut."

„Herzlichen Glückwunsch", gratulierte Schulte-Loh freundlich.

„Tja, meine Frau ist natürlich am Meckern, daß der Sohn und die Schwiegertochter so weit weg wohnen. Da können wir das Kleine ja nur ganz selten sehen. Aber wer weiß, vielleicht läßt sich unser Jüngster oder die Tochter von dem guten Vorbild animieren, dann hätten wir hier in der Nähe was Kleines, was wir so richtig schön betütteln könnten. Meine Frau ist ganz verrückt nach so Babys. Aber die jungen Leute heutzutage lassen sich ja immer so schrecklich viel Zeit."

Schulte-Loh lachte. „Schauen Sie unsern Herrn Bosch nicht so scharf an", meinte er. „Ist doch viel vernünftiger, erst mal Ausbildung und dann Familiengründung. Unsere Tochter will auf jeden Fall erst ihr Studium zu Ende bringen, bevor sie Kinder bekommt. Gerade als Frau ist es ja doch sehr wichtig, eine fundierte Ausbildung zu haben. Zum Glück fällt das Lernen unserer Claudia sehr leicht, so daß sie recht zügig durch ihr Studium kommt. Und ein junger Mann scheint auch schon in Aussicht zu sein."

„Herzlichen Glückwunsch!" grinste Addi. „Ich bin in dem Alter, wo man hofft, daß die Kinder einen noch nicht zum Opa machen."

„Wie man's macht, ist es falsch", meinte Schürmann. „Naja, ich halte dann also hier die Stellung und beguck' mir die Akte."

„Wenn's was Wesentliches gibt, sagen Sie bitte bei Jostens Bescheid, ja?"

„Aber sicher."

Bei Jostens wurden sie alle drei fast unnatürlich herzlich empfangen. „Bitte", bedrängte sie Dieter, „bleiben Sie doch zum Mittagessen! Bitte, Sie können sich gar nicht vorstellen, wie entsetzlich das Warten ist, wenn so gar nichts passiert. Die Entführer haben sich immer noch nicht gemeldet. Meine Mutter hat den ganzen Vormittag ein dreigängiges Menu gekocht, das für eine Kompanie reichen würde, aber eigentlich kann hier keiner auch nur einen Happen herunterbringen."

Sie ließen sich schließlich tatsächlich überreden, noch zu bleiben, aber das hatte zur Folge, daß sie alle kaum etwas herunterbekamen und sich durch das drückende Schweigen, das keiner von ihnen zu durchbrechen in der Lage war, beklemmen ließen. Bernd war heilfroh, als sie die Wohnung endlich verlassen konnten. Er hatte den Eindruck, daß die einzige, der der Besuch genutzt hatte, die alte Frau Josten gewesen war, denn sie hatte so die Möglichkeit gehabt, eifrig in der Küche herumzuwirken. Ihre Schwiegertochter hatte sie freundlich und liebevoll, aber sehr resolut aus der eigenen Küche herauskomplimentiert, obwohl es dieser vermutlich ganz gut getan hätte, wenn sie ein wenig Kaffee hätte kochen dürfen. So hockte Monika mit verkrampften Händen und rotgeränderten Augen auf einem Stuhl und schien nicht zu wissen, was sie mit sich anfangen sollte.

Als sie zurück ins Büro kamen, versteckte Schürmann schuldbewußt ein paar Fotos, die er wohl gerade mit Rickert betrachtet hatte. Blitzschnell war Addi an dem Schreibtisch und nahm die Fotos an sich. Bernd fühlte sich an seinen alten Mathematiklehrer erinnert, mit der gleichen Bewegung hatte dieser die verbotenen Zettelchen und manchmal auch Pornoheftchen sichergestellt. Addi schaute auf die Fotos in seiner Hand, dann warf er Bernd einen merkwürdigen Blick zu. Bernd ging zu ihm hin und Addi gab ihm wortlos die Bilder.

Es waren Bilder vom Tatort. Bernd sah auch das Foto, das dazu geführt hatte, daß die Kollegen so merkwürdig betreten wirkten. Er selbst war darauf zu erkennen – gestochen scharf – und man sah deutlich die Tränen in seinem Gesicht, als er fassungslos die kleine Leiche vom Waldboden aufhob.

Eine Weile schwiegen alle unbehaglich. Schließlich räusperte sich der lange Rickert. „Ähm“, sagte er etwas verlegen, „ich wollte eventuell dieses Foto mit in unsere Ausstellung nehmen, die im Herbst an der Sparkasse laufen soll. Ich mein’, so als Foto find’ ich es echt gelungen.“

„Das ist ja wohl ein Witz“, sagte Addi ärgerlich. „Dieses Foto ist ein Einbruch in die Intimsphäre. Das kann man nicht veröffentlichen.“

„Wieso das denn nicht?“ fragte Schürmann. „Es ist doch wirklich ein ausgezeichneter Schnappschuß. Und warum sollte man diese Seite unserer Arbeit nicht auch mal zeigen?“

Bernds Gesicht brannte vor Scham. Er hätte gerne etwas gesagt, aber es war ihm nicht möglich, einen Ton hervorzubringen. „Zumindest müßte er ja wohl gefragt werden, bevor er so ausgestellt und vielleicht auch bloßgestellt wird!“ fauchte Addi.

„Na und?“ ärgerte sich Rickert. „In jeder Zeitung siehst du weinende Menschen, kein Mensch fragt die weinenden Frauen in den Kriegsgebieten nach ihrem Einverständnis. Was soll das?“

„Das ist was anderes!“ erklärte Addi heftig.

„Wieso?“

Addi blieb ihm die Antwort schuldig. Bernd hatte aber endlich ein paar Worte gefunden. „Ich will nicht, daß dieses Bild veröffentlicht wird“, sagte er. „Punkt. Basta. Ich will das nicht.“

„Mein Gott“, maulte Rickert, „da hat man ein echt gutes Bild und dann ...“, er führte seine Gedanken nicht weiter aus, sondern riß Addi die Fotos aus der Hand. „Na, erst mal schönes Wochenende. Ich mach’ Feierabend.“

Schulte-Loh wandte sich an Schürmann. „Na, was Neues?“

„Tja“, sagte Schürmann. „Der Bericht aus der Pathologie ist praktisch fertig. Die Kleine hatte sogenannte Dyspepsie-Coli-Bakterien im Darm und dadurch wohl einen tierischen Durchfall. Das wiederum hat zu einem raschen Austrocknen geführt. Daran ist sie verdurstet. Das kann übrigens auch kerngesunden Kindern in normalen Familienverhältnissen passieren, wenn die Eltern nicht rechtzeitig zum Arzt gehen. Dyspepsie-Coli sind wohl besonders widerlich. Die Spurensicherung hat nichts Neues. Und mehr kann ich nicht berichten. Aber so lange waren Sie ja auch nicht fort."

Schulte-Loh nickte. „Tja, meine Herren, ich würde vorschlagen, Sie besetzen das Telefon, falls irgendetwas kommt. Ansonsten könnten wir für heute Feierabend machen."

Schulte-Loh war jedoch der einzige, der Feierabend machte. Die drei anderen saßen nachdenklich im Büro, blätterten in den Papieren und langweilten sich. Aber einfach zu gehen, das brachte keiner fertig, schon gar nicht Bernd, den eine rätselhafte Unruhe erfaßt hatte. Ständig starrte er auf das Telefon, und erst nach langer Zeit wurde ihm bewußt, daß er insgeheim überzeugt war, jeden Moment aus Düsseldorf die Nachricht zu bekommen, daß das Ehepaar Schneider gefunden sei.

Der Nachmittag verstrich in qualvoller Nutzlosigkeit. Andrea war mit Kaffee und Kuchen gekommen und saß jetzt ebenfalls schweigend im Büro, während die Männer lustlos Karten spielten.

Gegen 19 Uhr schaute Schulte-Loh wieder herein. „Ich grüße Sie", sagte er frisch. „In einer Stunde kommt der Aufruf an die Bevölkerung, wegen sachdienlicher Hinweise. Wissen Sie schon, wie hoch die Belohnung ist, die Jostens für jeden Hinweis ausgesetzt haben, der ihnen ihre Tochter wiederbringt?"

Die drei Männer und Andrea schauten auf. „Na?" fragte Andrea. „Fünfzigtausend Märker", sagte Schulte-Loh. „Ganz schönes Sümmchen, was? Ich weiß nicht, ob das so klug ist. Kann sein, daß sie ein paar Trittbrettfahrer animieren, sich als vermeintliche Entführer auszugeben."

Sie schwiegen eine Weile bedrückt. Plötzlich schrillte das Telefon. Alle zuckten zusammen. Addi, der dem Telefon am nächsten saß, hob ab. Offenbar wurde am anderen Ende eifrig in einer fremden Sprache gesprochen. Addi nickte, brummte ab und zu ein paar Kommentare und machte sich Notizen, diese allerdings auf holländisch. Gespannt starrten ihn die anderen an.

Endlich legte er auf. „Scheint nicht gerade bahnbrechende Neuigkeiten aus São Paulo zu geben", sagte er und rieb sich die Stirn. „Sie haben herausgefunden, daß das Baby Carmen von einem Ehepaar Schneider aus Bielefeld adoptiert wurde."

„Großartig", stöhnte Schürmann, „so weit waren wir auch schon."

„Sollten wir nicht endlich Feierabend machen?" drängte Schulte-Loh. „Es reicht doch, wenn einer hier am Telefon bleibt. Am besten, wir teilen uns in Schichten auf."

Das Telefon klingelte schon wieder. Addi hob erneut ab. Er lauschte einen Moment. „Ich werde es ihm ausrichten, Frau Schulte-Loh", sagte er. Dann legte er auf und grinste Schulte-Loh an.

„Ihre Frau möchte Sie an die heutige Abendeinladung erinnern. Sie sollen bitte sofort nach Hause kommen."

Alle lächelten, obwohl das eigentlich gar nicht witzig war, und Schulte-Loh verzog das Gesicht. „Die Nachrichten warte ich noch ab", sagte er. „Aber ich gebe besser zu Hause Bescheid." Er stand auf und ging hinaus. Schürmann deutete hinter seinem Rücken mit übertriebener Gestik auf das Telefon, und die anderen grinsten noch breiter.

„Sieht so aus, als wolle er das lieber ohne uns erledigen", meinte Andrea. „Was meint ihr, soll ich mal Bier und Pizza oder so etwas organisieren?"

„Für mich nicht", sagte Schürmann, „Ich platze noch von dem Kuchen von vorhin."

„Ich hab' auch noch keinen Hunger", meinte Bernd. „Und nach Bier ist mir sowieso nicht."

Addi hingegen lehnte sich zurück und studierte die Zimmerdecke. „Wieso eigentlich nicht?" fragte er. „Was nicht ist, kann schließlich noch werden. Was hältst du davon, noch die Nachrichten abzuwarten und dann etwas zu essen zu holen?"

„Auch recht", meinte Andrea.

Die Zeit bis zu den Nachrichten schien nicht vergehen zu wollen. Schließlich ergriff Schürmann die Karten. „Na", fragte er, „noch 'ne Runde?"

In diesem Moment klingelte erneut das Telefon. Diesmal war Bernd der erste, der den Hörer erwischte. Addi warf ihm einen betont giftigen Blick zu; Schürmann und Andrea kicherten. Bernd machte hastig eine Geste, daß sie ruhig sein sollten, und stellte dann den Lautsprecher des Telefons an, so daß alle mithören konnten. Gleichzeitig redete er aufgeregt: „Jaja, genau, hier ist die Polizei in Gelsenkirchen, Bosch mein Name."

„Dinster", erwiderte eine frische Frauenstimme, „Kripo Düsseldorf. Sie hatten um Amtshilfe gebeten?"

Bernd bestätigte.

„Sie suchen einen dunkelblauen BMW 318 i Automatik, dem das Seitenfenster auf der Fahrerseite eingedrückt und eine Autostereoanlage gestohlen wurde?"

„Genau!", rief Bernd.

„Haben wir. Zumindest haben wir einen Wagen dieses Typs, der wegen eines eingedrückten Seitenfensters in einer Autowerkstatt hier am Ort vorgestern repariert wurde. Es wurde bei dieser Gelegenheit ein neues Autoradio eingebaut. Der Fahrzeughalter hat dem Automechaniker gegenüber geäußert, nie wieder Geld für einen kompletten Stereoturm im Auto investieren zu wollen, weil das viel zu teuer wäre, wenn man ohnehin ständig damit rechnen müsse, beklaut zu werden. Der Fahrzeughalter soll sich ziemlich abfällig über die deutsche Polizei geäußert haben."

„Soso", meinte Bernd.

„Und nun?" fragte die Frau am anderen Ende des Telefons.

„Öh", sagte Bernd überrascht.

„Wir kommen sofort", soufflierte Addi.

„Ich glaube, es ist am besten, wenn wir einfach mal kommen", sagte Bernd.

„Ja, sicher", sagte Annegret Dinster. Sie klang, als habe sie genau dies erwartet. Sie gab den Namen und die Adresse des Fahrzeughalters durch und dann noch eine ausführliche Wegbeschreibung, die Bernd sich sorgfältig notierte.

„Bis dahin", verabschiedete er sich.

„Wir warten dort auf Sie", kündigte Annegret ihm an. „Es ist eine ziemlich stille Seitenstraße hier in Düsseldorf. Mein Kollege, Herr Ahrendt, und ich, wir warten in einem Zivilwagen neben der Einfahrt des Hauses des Fahrzeughalters. Es handelt sich um ein Einfamilienhaus in bevorzugter Wohnlage."

Bernd drehte sich, nachdem er aufgelegt hatte, zu den anderen um. „Sie haben den Fahrzeughalter gefunden", sagte er und fühlte sich plötzlich sehr müde und leer.

„Na, ist doch großartig!" rief Addi. „Jetzt lassen wir uns noch von Schulte-Loh einen Haftbefehl und einen Hausdurchsuchungsbefehl geben, und dann nichts wie weg!"

Es war noch hell, aber der Abend hatte die ersten Vorboten der Nacht in Form von langen Schatten und einem Nachlassen der Nachmittagshitze geschickt. Im milden Abendlicht wirkte das Land weich und friedvoll, doch Gernot hatte dafür keinen Blick, als er in seinem silberfarbenen Mercedes über die Autobahn donnerte. Stundenlang hatte er in Bielefeld gesucht, aber er hatte das freundliche Ehepaar Schneider nicht finden können. Das Brüllen des Kindes im Auto hatte er in seiner aufkeimenden Ungeduld, die sich später zu Angst und schließlich zu Panik steigerte, nicht mehr wahrgenommen. Nun, wo seine Sinne ohnehin nicht mehr aufnahmefähig waren, ging das laute Schreien in qualvolles Wimmern über und verstummte dann ganz.

Gernot raste über die Autobahn, unfähig, einen klaren Gedanken zu fassen, unfähig, ein Ziel zu verfolgen, unfähig, etwas von dem aufzunehmen, was um ihn herum geschah. Das Kind auf dem Rücksitz war in einen gnädigen Schlaf gefallen, entspannt wirkte jetzt das kleine, tränennasse Gesichtchen besonders zart, die verschwitzten weichen Härchen begannen wieder zu trocknen und ihre flauschige Schönheit zurückzugewinnen.

Die Tagesschau begann mit der üblichen Erkennungsmelodie, sachlich wurde den Zuschauern ein guter Abend gewünscht. In Frankfurt saß die Frau des Oberarztes vor dem Fernseher, während ihr Mann mit einem Kopfhörer auf seiner elektrischen Orgel ein schwieriges Bachstück übte. Die Assistenzärztin öffnete gerade ihrem neuen Freund die Tür und strahlte über den prachtvollen Strauß roter Rosen, die er ihr etwas verlegen überreichte. Der Chefarzt beugte sich an seinem Schreibtisch über den Vortrag, den er bald auf einem wissenschaftlichen Kongreß halten wollte. Und zwei Krankenschwestern waren bereits auf dem Weg zu einer Diskothek. In der großen Stadt Frankfurt saß an diesem Abend kein Zuschauer vor dem Fernseher, der die kleine Jessika Josten hätte wiedererkennen können.

In Münster hatte sich die qualvolle Unruhe einer wartenden Frau bis ins Unerträgliche gesteigert. Abrupt sprang sie auf, um den Fernseher abzustellen, Nachrichten über Krieg und Politik nicht aushaltend. Was kümmerte sie das Sterben ferner, fremder Menschen! Irgendwo war ihr Mann vielleicht in Not. Was hatte es zu bedeuten, daß er sich nicht meldete? Wo steckte er nur? Verzweifelte Bilder tauchten vor ihrem inneren Auge auf, Bilder, die sie immer wieder mit ganzer Kraft fortzuschieben versuchte, Bilder von blutigen Verkehrsunfällen, seelenlosen Intensivstationen. Was um alles in der Welt war passiert? Warum meldete er sich nicht? Wo steckte er, was ging in ihm vor?

Was, wenn sie ihn nun verlöre? Könnte sie überhaupt ohne ihn zurechtkommen? Brauchte sie nicht seine Stärke, die Klarheit seiner Entscheidungen? Wie organisiert man überhaupt ein Begräbnis? Erschrocken hielt sie inne. Nein, alles, nur nicht das! Aber war das wirklich die schlimmste aller Möglichkeiten? Würde sie es aushalten, wenn er auf einen Rollstuhl angewiesen wäre?

Ja, das könnte sie eher aushalten.

Die Angst hatte jetzt den Charakter von Schmerzen angenommen, die den Bauch, den Brustkorb, den ganzen Leib mit qualvoller Unruhe füllten. Sie war in Not und wandte sich an den Gott ihrer Kindertage, mit Versprechungen, die sie normalerweise als kindlich angesehen hätte. „Lieber Gott, wenn du mir Gernot heil und gesund wiedergibst, dann ..." Ja, was dann? Was konnte sie ihrem Gott versprechen, das ihn besänftigt hätte? Sie versuchte es mit den Gebeten, die andere sich ausgedacht und Millionen von Menschen schon mit Inbrunst gesprochen hatten, aber diesmal konnten die alten vertrauten Worte sie nicht beruhigen, es kam ihr plötzlich so vor, als ob ihr niemand zuhöre.

Schürmann legte im Büro in Gelsenkirchen gemütlich die Füße auf den Schreibtisch. „Also, Jungs", sagte er vergnügt, „haltet mich bloß auf dem Laufenden, klar?"

Bernd und Addi nickten eifrig.

„Ich bleibe auch hier", sagte Andrea. Bernd gab ihr einen Kuß. „Sch!" machte Schulte-Loh. „Unsere Meldung!"

Gespannt wandten sich alle dem Fernseher zu.

„Und nun, meine Damen und Herren", verkündete der Nachrichtensprecher, „bittet die Polizei aus Gelsenkirchen um Ihre Mithilfe. Vermißt wird seit Montag die kleine Jessika Josten" – an dieser Stelle wurde ein Bild von dem Kind eingeblendet. „Jessika ist 10 Monate alt und schwerbehindert. Sie benötigt ständige ärztliche und krankengymnastische Behandlung. Ihre Familie hat für jeden Hinweis, der zum Auffinden des Kindes führt, eine Belohnung von 50 000,- DM ausgesetzt. Zweckdienliche Hinweise geben Sie bitte an die Kriminalpolizei in Gelsenkirchen" – hier wurde die Telefonnummer eingeblendet – „oder an jede andere Polizeidienststelle."

„Ohoh", lachte Addi gutgelaunt, „na, seht mal zu, daß Ihr mit der Flut von Anrufen fertig werdet!"

„Seht Ihr mal zu, daß Ihr dieses Ehepaar Schneider alias Riehmkötter aus Düsseldorf erwischt!" erwiderte Schürmann.

In Düsseldorf starrte eine Frau nachdenklich auf den Fernseher. „Fritz", sagte sie, „ich hab' Angst."

„Möchte gern mal wissen, weshalb die erst jetzt nach der Kleinen fahnden", brummte ihr Mann ungerührt.

„Laß uns abhauen, Fritz."

„Wie, jetzt sofort?"

„Jetzt sofort. Bitte!"

„Na, komm! Jetzt brauchen wir doch keine Angst mehr zu haben. Morgen um diese Zeit sitzen wir schon am Meer!"

„Ich hab' aber Angst! Wir hätten das mit diesem Baby nicht machen sollen. Hast du gehört? Sie soll schwerbehindert sein!"

„Tja, wie sagt Wilhelm Busch so schön? ‚Ist fatal, bemerkte Schlich ...' Wenn die Mutter auch so nachlässig ist, das Baby einfach so rumstehen zu lassen? Ich meine, die Gelegenheit konnten wir uns doch nicht entgehen lassen, nachdem wir so ein Pech mit dieser Kleinen aus Brasilien gehabt haben."

„Mensch, Fritz, wie redest du nur! Mir liegt das alles noch im Magen. Ich mein', so was haben wir doch nicht gewollt."

„Ist aber nun mal passiert. Die Kleine aus Brasilien war bestimmt schwer krank. Wer weiß, wenn wir die ins Krankenhaus gebracht hätten, hätten die Ärzte sie nur unnötig gequält. Vielleicht hatte sie Krebs oder AIDS oder so was, kann doch alles sein. Stell dir mal vor, das arme Wurm auf so'ner Intensivstation! Furchtbar. Da war es doch besser so. Ist doch ganz friedlich eingeschlafen, die Kleine!"

„Ja, aber trotzdem. Jetzt wird überall nach uns gesucht."

„Nee, nach der Kleinen wird gesucht. Und weißt du was, diese Armleuchter da aus Münster, der Korinthenkacker und seine hysterische Zimtzicke, was meinst du, wie glücklich die sind, wenn sie die Kleine wieder los sind. Mensch, die kriegen sogar ihren Kaufpreis wieder raus!"

„Fritz!" schrie die Frau. „Bitte red' nicht so! Wenn die uns anzeigen?"

„So bekloppt sind die nicht. Und wenn schon! Was wissen die schon über uns?"

„Ich hab' aber trotzdem Angst. Laß uns abhauen! Bitte, Fritz!"

„Na gut, wenn Du es hier nicht mehr aushältst. Machen wir uns noch eine tolle Nacht in der Altstadt, bevor wir morgen in den Flieger steigen. Hast du schon alles gepackt?"

„Scheiße", brüllte Addi mit der ganzen Kraft seiner Stimme. „Es darf nicht wahr sein!"

Unmittelbar vor ihnen waren drei PKWs ineinander verkeilt, eine Reihe von Autos stand schon mit gelb zuckenden Warnblinklichtern; Krankenwagen und Polizeiautos versperrten den Weg. „Martinshorn und Blaulicht", sagte Addi zu Bernd. „Beeil dich!"

„Hab' ich gar nicht", sagte Bernd, „das ist mein Privatauto."

„Oh nein", stöhnte Addi. „Trotzdem – zieh rüber auf den Seitenstreifen!"

Aber das erwies sich als schlicht unmöglich. Sie waren binnen weniger Minuten eingekeilt von Autos, es gab kein Vor und kein Zurück. Addi bekam schon nach kurzer Zeit vor Ungeduld kaum noch Luft. Er drängte sich aus dem Auto, seinen Dienstausweis in die Luft schwenkend brüllte er die anderen Autofahrer an, endlich Platz zu machen, bis er von zwei Polizisten und einem blonden Sanitäter mit roher Gewalt zum Auto zurückgebracht wurde.

„Unmöglich!" brüllte ihn der Rettungssanitäter an. „Da vorne sind Schwerverletzte, die dringend ärztliche Hilfe brauchen und in Lebensgefahr sind. Reißen Sie sich zusammen, Sie Arschloch!"

„Was ist denn passiert?" fragte Bernd.

„Neugierig, wat? Verdammt nochmal, da hat wohl einer 'ne Herzattacke beim Autofahren gehabt. Die sind dabei, den zu reanimieren. Also werden die Herren jetzt ein bißchen Geduld haben müssen. Ein Beifahrer muß auch noch herausgeschweißt werden. Dauert alles seine Zeit, aber das kann man nicht ändern, klar?"

Bernd versuchte, mit dem Handy in Gelsenkirchen anzurufen. Fassungslos starrte er das Gerät an. Die Batterie war leer.

„Monika", sagte die alte Frau Josten streng, „versuch jetzt endlich, ein bißchen zu schlafen. Es nützt niemandem, wenn du nichts ißt und nicht schläfst. Du mußt einfach vernünftig sein!"

Tatsächlich hatte Monika sich in den letzten Tagen besorgniserregend verändert. Blaß und mager, spitznäsig und mit dunklen Schatten im Gesicht, wirkte sie nicht mehr hübsch und jugendlich, sondern verhärmt und krank.

„Sie kann halt nicht essen und auch nicht schlafen", sagte Dieter ungeduldig. Seine Mutter hatte beschlossen, ihnen in dieser schweren Zeit auch durch ihre Anwesenheit zur Seite zu stehen, aber er merkte immer mehr, daß er lieber mit seiner Frau alleine gewesen wäre.

„Warum meldet sich nur niemand?" fragte Monika rasch, nicht nur, weil diese Frage sie tatsächlich quälte, sondern auch, um den aufkeimenden Streit zu ersticken. Wie schon so oft in der Vergangenheit vermittelte sie zwischen Mutter und Sohn, ohne daß es auch nur einem der drei bewußt gewesen wäre.

„Vielleicht gibt es ja gar keinen Grund, sich zu melden", sagte die alte Frau Josten scharf. „Mein Gott, Kinder, jetzt macht Euch doch endlich mit dem Gedanken vertraut, daß Jessika wahrscheinlich tot ist."

Die Brutalität des Wortes „tot" durchschnitt die Luft in dem Raum, fassungslos rang Monika einen Moment nach Luft, dann begann sie wieder zu weinen, ein leises, verzweifeltes Tränenlaufenlassen, dazwischen mühsames Atmen.

„Mutter", sagte Dieter verärgert, „könntest du bitte endlich diese dummen Sprüche lassen?"

„Mein Gott", sagte Frau Josten, „wem nützt es, sich unnötigen Hoffnungen hinzugeben? Macht doch mal die Augen auf, Kinder! Wenn es noch Hoffnung gäbe, hätten die Entführer sich doch schon längst gemeldet. Außerdem – wer weiß, wozu es gut ist. Ihr könnt noch andere Kinder haben!"

Das hätte sie nicht sagen dürfen. In Dieter ging eine Veränderung vor sich, wie Monika sie noch nie erlebt hatte. Dieser eher weich wirkende Mann nahm plötzlich eine gerade Strenge, eine Härte und Klarheit an, die sich in seiner gesamten Körperhaltung, in seinem Gesichtsausdruck, ja sogar in der Klangfarbe seiner Stimme mitteilte. Es war diese kompromißlose Härte seiner Stimme und seiner gesamten Ausstrahlung, die Monika Angst machte, noch bevor sie erfaßt hatte, was er eigentlich sagte.

„Mutter", sagte Dieter, und die betont langsame und überdeutliche Aussprache jedes einzelnen seiner Worte machte die besondere Schärfe aus, „nimm bitte zur Kenntnis, daß mir mein Kind wichtiger ist als deine Verachtung!"

„Aber Junge", wollte die alte Frau Josten ihn unterbrechen.

Er hob seine Hand und brachte sie schon mit dieser Geste zum Schweigen. „Jetzt rede ich. Dies ist meine Wohnung und meine Familie. Du kannst mir zuhören oder gehen. Aber ich will, daß du endlich verstehst: Mein Kind ist mir wichtiger als deine Verachtung. Du hast mich immer für meine Schwächlichkeit, mein Nachgeben, mein Versagen verachtet, nie war ich dir gut genug, nie war ich der Junge aus Kruppstahl, den du dir erträumt hast. Aber das Schlimmste, was ich dir angetan habe, war, daß ich ein behindertes Kind gezeugt habe, ein Kind, von dem du und deine Generation gesagt haben, daß es lebensunwert sei. Du hättest unsere Tochter von Anfang an in eine Gaskammer gesteckt, wenn es das heutzutage noch gäbe, und du hast nie verstanden, weshalb das heute nicht mehr geht. Ich habe dir nie einen Vorwurf daraus gemacht, daß du so denkst. So bist du erzogen worden, ich weiß, daß man sich manches einfach nicht aussuchen kann.

Aber wenn du nicht einsehen kannst, daß ich anders denke, wenn du nicht endlich begreifst, daß ich dieses Kind liebe und daß ich will, daß es lebt und daß ich will, daß ich an dem Leben meiner kleinen Jessika teilhaben kann, dann will ich mit dir nichts zu tun haben. So, und jetzt geh. Ich kann dich nicht mehr sehen!"

Fassungslos starrte die alte Frau ihren Sohn an. Der Mund halb geöffnet, mehr in ungläubigem Staunen, vollzog sich nur langsam in ihrem Gesicht der Übergang zum Leid, füllten sich nur allmählich die Augen mit Tränen.

„Das kannst du dir jetzt sparen", sagte Dieter haßerfüllt. „Ich hätte deine Gefühle zu einem anderen Zeitpunkt gebraucht. Jetzt sind deine Tränen sinnlos, es gibt nichts mehr, was mich daran noch interessiert."

„Dieter", rief Monika entsetzt. „Jetzt hör doch endlich auf! Haben wir nicht schon genug, was uns quält? Müssen wir uns denn jetzt auch noch gegenseitig zerfleischen?" Kopfschüttelnd ging sie zu der alten Frau und nahm sie warm in die Arme. „Hör nicht auf ihn", sagte sie liebevoll, „er meint das nicht so. Unsere Nerven sind alle zum Zerreißen gespannt." Ihr Versuch, die alte Dame zu trösten, hatte den überraschenden Effekt, daß diese nun anfing zu weinen, als ob sich lange verschlossene Türen auf einmal öffneten. „Na, komm schon", redete Monika leise auf ihre Schwiegermutter ein. Sie wiegte sie wie ein Kind, gab ihr ein Taschentuch und führte sie zu einem Sessel.

„Du mußt nicht glauben, daß ich nicht an unserer Jessi hänge", schluchzte die alte Frau. „Ich war ja auch manchmal mit ihr allein zusammen und ich hab' sie auch lieb. Das glaubt ihr vielleicht nicht, aber sie hat mich auch angelacht und so. Ich würde nie und nimmer so was wollen, wie Dieter gesagt hat, bestimmt nicht. Ich würde auch immer für sie sorgen, wenn ich es könnte. Ich wollte doch nur, daß ihr euch nicht so quält und irgendwie … vernünftig seid. Aber wahrscheinlich geht das gar nicht."

„Nein", sagte Monika sanft, „vernünftig kann wohl jetzt keiner von uns sein."

„Aber kann ich denn nicht irgendwie helfen? Bitte, schickt mich nicht fort! Die letzten Tage waren so grauenhaft, ich kann das gar nicht aushalten, alleine in meiner Wohnung. Darf ich nicht hierbleiben? Ich könnte doch auf das Telefon aufpassen, damit ihr mal eine Schlaftablette nehmen könnt. Ginge das nicht?"

Dieter starrte seine Mutter an. Er wirkte etwas verärgert, aber auch verwirrt. „Sag mal, Moni", sagte er schließlich, „zu wem hältst du eigentlich?"

Monika ging schnell auf ihn zu und legte die Arme um ihn. „Zu dir natürlich", sagte sie, selbst davon überzeugt. „Meinst du nicht, daß es vielleicht wirklich eine gute Idee wäre, wenn Mutter am Telefon wach bleibt und wir beide ein bißchen schlafen?"

Dieter schaute sie zärtlich an. „Besonders du", meinte er, „du solltest wirklich zusehen, daß du mal eine Mütze Schlaf bekommst."

„Sehen Sie auch, was ich sehe?" Kollege Ahrendt saß neben Annegret Dinster im Auto und beobachtete die Wohnung von Riehmkötters. Er hatte zur Observierung ein Fernglas mitgebracht, und Annegret hatte das zunächst ein bißchen lächerlich gefunden, jetzt aber benutzte sie es eifrig, immer abwechselnd mit Ahrendt.

„Die packen", sagte sie aufgebracht. Riehmkötters hatten bereits Licht in der Wohnung und nur sehr dünne Gardinen, so daß man sie gut beobachten konnte.

„Die setzen sich ab", sagte Ahrendt.

„Hoffentlich kommen die Kollegen aus Gelsenkirchen bald", murmelte Annegret. „Und hoffentlich haben sie einen Haftbefehl."

Tatsächlich waren Dieter und Monika ins Bett gegangen. Noch immer war nicht ein Anruf eingegangen. Monika hatte sich schließlich sogar eine starke Schlaftablette einflößen lassen, Dieter war dazu aber nicht bereit gewesen. Die alte Frau hatte einen Sessel vor das Telefontischchen gerückt, so daß sie zum Fenster hinausschauen konnte. Draußen breitete sich die Abenddämmerung aus, prachtvolles, langsam verebbendes Licht eines herrlichen Sommertages. Sie saß gerade und wachsam im Sessel, starrte in den Abend und wartete. Dabei stiegen Erinnerungen und Bilder in ihr auf, die sie schon lange für vergessen gehalten hatte.

Sie sah wieder den kerzengeraden, unbeugsamen Rücken ihrer Mutter vor sich, die vor einem Fenster stand, während sie selbst, die Achtjährige mit den langen, stramm geflochtenen Zöpfen stockend jenen Brief vorlas, der ihre kleine Welt in Scherben zerbrechen ließ. Jenen Brief, in dem mit unpassendem Pathos mitgeteilt wurde, daß ihr Vater, dieser wundervolle, schöne Mann, der das Lachen und die Leichtigkeit in ihrem Leben erlaubt hatte, daß ihr Vater auf dem Feld der Ehre gefallen war. Und während sie mühsam begriff, daß ihr Vater nie wieder nach Hause zurückkehren würde, sie nie wieder umarmen und in die Luft werfen würde, nie wieder mit ihr lachen und nie wieder ihre Tränen trocknen würde, hörte sie schon die Stimme, genauso hart und unbewegt wie der Rücken ihrer Mutter, die weiter zum Fenster hinausschaute: „Geh weg, Kind, ich möchte jetzt allein sein.“

Die alte Frau starrte in das sich dunkel färbende Fenster und bewachte ein schweigendes Telefon.

Wo um alles in der Welt war er eigentlich? Plötzlich schob sich diese Frage in Gernots Bewußtsein, schien ihn regelrecht aus einer Art tiefem Schlaf zu wecken. Erst jetzt nahm er wahr, daß er mit einem sehr schnellem Tempo die Autobahn entlangraste, aber er hatte keine Ahnung, um welche es sich handelte. Ach so, die A 2. Mein Gott – Autobahnkreuz Duisburg Kaiserberg! Um Himmels willen. Er mußte zusehen, daß er wieder drehte. Er wollte doch nach Münster. Er mußte nach Hause. Obwohl – wie sollte er Birgit klarmachen, daß er das verdammte Kind immer noch im Wagen hatte? Na, wenigstens schlief dieser verfluchte Satansbraten endlich. Also, nächste

Ausfahrt raus und wieder zurück. Sogar dunkel war es schon geworden.

„Scheiße", sagte Annegret Dinster. „Die beiden fahren gleich los, und die werten Kollegen aus Gelsenkirchen sind immer noch nicht da."

Riehmkötters hatten alle Jalousien heruntergelassen, die Heizungen, Wasserhähne und Lichtschalter kontrolliert, die Fenster auf Kipp gestellt, das Auto mit Gepäck beladen und sorgfältig abgeschlossen. Kurzerhand ließ Anngret den Wagen an und stellte sich quer vor die Einfahrt. Dort machte sie den Motor aus und verschränkte die Arme.

„Ich glaube, jetzt gibt's Ärger", murmelte Ahrendt besorgt. Sie verschlossen beide gleichzeitig die Wagentüren von innen, vergewisserten sich, daß die Fenster zu waren und rutschten ein wenig tiefer in ihren Sitzen, als ob sie das vor der Wut des Mannes schützen könnte, der jetzt aufgebracht mit der Faust gegen ihre Windschutzscheibe hämmerte.

Birgits Angst hatte sich ins Unerträgliche gesteigert. Sie hatte mittlerweile verschiedene Polizeidienststellen angerufen, sich bei allen Krankenhäusern der Umgebung erkundigt, aber nirgendwo war ihr Gernot aufgetaucht. Ein schwerer Unfall bei Gelsenkirchen, aber dort war ihr Mann ja gar nicht vorbeigekommen. Außerdem waren ganz andere Autos in diesen Unfall verwickelt gewesen.

Trotzdem wurde sie das Gefühl nicht los, daß Schreckliches passiert sei. Schon gleich halb elf! Sie beschloß, die Tagesthemen zu sehen, vielleicht könnte sie das ablenken.

Annegret fluchte, nachdem sie das Autotelefon aufgelegt hatte. „Unsere Kollegen sind jetzt endlich auf dem Weg", sagte sie.

„Müssen wohl direkt hinter so eine Massenkarambolage geraten sein. Sie haben es erst jetzt fertiggebracht, sich an dem Unfall vorbeizubegeben. Und ihr Telefon war wohl auch noch kaputt. Batterie leer oder so. Und wir hängen hier rum und kommen nicht weiter."

„Was machen wir jetzt bloß?" murmelte Ahrendt.

Riehmkötters hatten es aufgegeben, gegen ihren Wagen zu trommeln und zu treten und waren schon seit längerem wieder ins Haus gegangen.

„Ej, guck mal!" rief Ahrendt plötzlich aufgebracht. „Die lassen uns einfach abschleppen!"

„Oh, Scheiße!" rief Annegret. Kurz entschlossen öffnete sie die Wagentür und sprang heraus, den Dienstausweis hochhaltend.

„He, Sie können hier nicht einfach parken", schrie Riehmkötter aufgebracht. Und während Annegret noch ungläubig staunte, wurde ihr Wagen schon vorne angehoben und aus dem Weg gerollt. Ahrendt saß noch drinnen und sah ausgesprochen dämlich aus.

Riehmkötter rannte blitzschnell zu seinem Wagen, aber jetzt war auch Bewegung in Annegret gekommen. Ebenso schnell spurtete sie hinter ihm her und gerade, als er seine Wagentür aufriß, gelang es ihr, ihm eine Handschelle um das Handgelenk zu legen. Er wehrte sich mit einem wuchtigen Faustschlag, aber die Handschelle war schon zugeschnappt. Annegret stürzte zu Boden, konnte aber in Sekundenschnelle wieder auf die Beine kommen, während Riehmkötter noch verblüfft die Handschelle betrachtete, die an seinem Handgelenk baumelte. Annegret hechtete auf das leere Ende zu. Riehmkötter erkannte ihre Absicht zu spät, er versuchte, seinen Arm wegzuziehen, aber jetzt hatte sie schon das freie Ende gepackt und sich selbst um die Hand geschlungen. Schwer atmend standen sie voreinander und starrten sich an.

„Darf ich bitte mal erfahren, was das soll?“ fragte Riehmkötter haßerfüllt. Annegret brauchte eine Weile, um nach Luft zu ringen. „Das werden Sie schon früh genug erfahren“, erklärte sie schnippisch.

Fassungslos, mit Tränen in den Augen, starrte Birgit auf den Fernseher. Dieses Foto hatte einen Namen. Ein kleines behindertes Mädchen, angewiesen auf medizinische und krankengymnastische Behandlung. Es hatte einen Namen, hatte liebevolle Eltern, die jetzt verzweifelt nach ihrem Kind suchten, die viel Geld für dieses Kind aufzuwenden bereit waren. Irgendwo saß eine Mutter und weinte sich die Augen aus dem Kopf nach diesem Kind, das sie, Birgit, nicht gewollt hatte. Jessika Josten aus Gelsenkirchen. Und sie wußte immer noch nicht, wo ihr Mann war, wo dieses kleine Kind war.

Aber konnte sie die weinenden Eltern noch im Ungewissen lassen? Sollte sie nicht wenigstens Bescheid geben, daß das Kind noch lebte, damit die Eltern aufatmen konnten und wußten, daß es bald wieder zu Hause sein würde?

Nicht einen Moment kam Birgit der Gedanke, daß die Entführer das Kind vielleicht lieber töten würden, als die Verantwortung für einen Menschenraub zu übernehmen. In ihrem Herzen machte sich nur die Gewißheit breit, daß alles wieder gut werden würde, und es erschien ihr selbstverständlich und richtig, die Auskunft anzurufen und sich die Telefonnummern aller Jostens aus Gelsenkirchen geben zu lassen.

Die alte Frau saß immer noch gerade und wachsam im Sessel vor dem schweigenden Telefon. Man hatte eine Fangschaltung installiert, aber irgendwie hatte sie das Gefühl, daß es von ihrer Wachsamkeit abhing, ob alles gutgehen würde. Ihre Kinder schliefen nun, und sie war froh darüber. Reglos saß sie, als ob nur ihre Wachsamkeit diesen Schlaf behüten könne.

Da läutete das Telefon. Sie wartete noch nicht einmal das erste Klingeln vollständig ab, hatte sofort den Hörer in der Hand. „Josten?"

„Sind Sie verwandt mit der kleinen Jessika?" Eine gehetzte, ängstliche Stimme.

„Jawohl", schnarrte die alte Frau.

„Ich ... äh ... ich wollte nur sagen ... machen Sie sich keine Sorgen ... und ..."

„Wer spricht da, bitte?" fragte die alte Frau mit einer militärischen Schärfe. „Nennen Sie Ihren Namen!"

„Äh, nein, lieber nicht, ich wollte doch nur ..."

„Junge Frau, nennen Sie mir sofort Ihren Namen und woher Sie anrufen. Etwas anderes gehört sich nicht!"

„Äh ... ich ... entschuldigen ..."

„Haben Sie nicht verstanden, was ich sagte? Wer sind Sie, und wo ist unsere Jessika? Wollen Sie sich eines weiteren Verbrechens schuldig machen? Ein anständiger Mensch tut so etwas nicht! Also – wer sind Sie und wo ist unser Kind?"

„Ich weiß nicht, wo Ihr Kind ist. Sie ist mit meinem Mann noch unterwegs. Ich wollte nur sagen, daß es ihr gut geht und Sie sich keine Sorgen machen müssen."

„Was heißt hier, Sie wissen nicht, wo Ihr Mann ist? Weshalb wissen Sie das nicht?"

Die junge Frau am anderen Ende verstummte.

„Raus mit der Sprache!" herrschte die alte Frau sie an.

„Er müßte schon längst zurück sein", sagte sie schließlich verzweifelt.

„Ist er mit einem Auto und unserem Kind unterwegs?" Jetzt war der Tonfall der alten Frau schon etwas milder geworden. Sie hatte bereits einen Bleistift und einen Zettel ergriffen und den Hörer zwischen Ohr und Schulter geklemmt, um mitschreiben zu können.

Die junge Frau am anderen Ende der Leitung brach in Tränen

aus. „Er müßte schon längst zurück sein. Ich mache mir solche Sorgen um ihn. Er hat sich nicht gemeldet. Ich habe Angst, daß er einen Autounfall hatte."

„Das werden wir jetzt schnellstens herausfinden", erklärte die alte Dame resolut. „Also: wie ist Ihr Autokennzeichen?"

Gehorsam antwortete die junge Frau.

„Was für ein Auto?"

„Ein silbergrauer Mercedes."

„Zugelassen auf wen?"

„Gernot Breitenbach", sagte die junge Frau zaghaft.

„Gut. Ihre Telefonnummer und Adresse?"

Überraschenderweise gab ihr die junge Frau auch diese.

„Sehr gut", sagte die alte Frau. „Ich werde jetzt einen Reiseruf über das Radio loslassen. Wenn Ihr Mann sich bei Ihnen meldet, geben Sie sofort Bescheid, ist das klar? Und blockieren Sie bloß nicht die Leitung, indem Sie Ihre Freundinnen oder Ihre Mutter anrufen. Verstanden?"

„Ja", wisperte Birgit folgsam.

„Legen Sie jetzt auf", befahl die alte Frau.

Hinter ihr stand ihr Sohn, starrte gebannt auf das Telefon, als könne er so mehr von dem Gespräch mitbekommen. Seine Mutter schrieb ihren Zettel noch einmal ab. „Irgendein Idiot rast gerade mit unserer kleinen Jessi über die Autobahn. Hier sind Name und Autokennzeichen. Ich will jetzt sehen, daß ich einen Reiseruf noch direkt nach den 11-Uhr-Nachrichten unterkriege. Du nimmst den Zettel und gehst damit zur Polizei, ja?"

Dieter nickte und zog bereits Sandalen und einen leichten Mantel an. Seine Mutter schaute nachdenklich auf seine Pyjamahosen, die unter dem Mantel hervorschauten, sagte aber nichts.

„Sollten wir Moni nicht besser wecken?" wisperte Dieter.

Seine Mutter schüttelte den Kopf. „Nein, sie wird den Schlaf dringend nötig haben, wenn unser Kind wiederkommt."

Dieter schaute sie verwundert an. „Geh schon", drängte seine Mutter. „Wir sollten jetzt keine Zeit verlieren."

Und mit der ganzen Energie einer erfolgreichen Geschäftsfrau, die schon oft ihren Willen bekommen hat, begab sie sich an die Aufgabe, innerhalb von einer Viertelstunde einen Reiseruf durch die Nacht schicken zu lassen, der in ganz Nordrhein-Westfalen zu hören war.

Gernot allerdings hatte sein Radio nicht angestellt. Ein Verkehrsunfall auf der Gegenfahrbahn mit blinkenden Warnleuchten hatte ihn wieder aus seinen düsteren Gedanken gerissen; plötzlich wurde ihm bewußt, daß er fast kein Benzin mehr im Tank hatte. Eine Autobahntankstelle war nicht in Sicht, er beschloß, an der nächsten Ausfahrt abzufahren und sich nach einer Tankstelle umzusehen.

Gelsenkirchen-Buer. Links von der Autobahn wuchsen die Flutlichtanlagen eines Fußballstadions wie überdimensionale Fliegenklatschen in den Himmel. Na, hoffentlich hatte dieses Gelsenkirchen-Buer eine Tankstelle, die um diese Zeit noch geöffnet war. Die Ausfahrt war durch eine Baustelle unübersichtlich, mündete auf einen merkwürdigen Kreisverkehr. Er ordnete sich rechts ein, folgte einem anderen PKW, der schon kurz darauf nach links abbog.

Aber was war das? Er war doch in Gelsenkirchen, dem Inbegriff von Industrie und billiger Bürgerlichkeit? Nicht zu fassen, er befand sich auf einer Art Waldweg. Nun gut, eine breite, asphaltierte Straße, aber rechts und links keine Häuser, nur düsterer, unbeleuchteter Wald, der sich überraschend für einen Moment einem Schloß öffnete. Irgendwas hatte er falsch gemacht. Da, ein Parkplatz. Dort würde er wenden und zurückfahren, hier war er auf jeden Fall falsch.

Auf dem Parkplatz kam er zum Stehen. Er merkte plötzlich seinen Rücken und daß er stundenlang gefahren war, ohne eine Pause zu machen. Kurzerhand stieg er aus. Die Luft war dunkel und weich wie ein samtenes Tuch. Vor ihm, direkt neben dem Parkplatz, plätscherte ein gefräßiges Wasser, ölig schmatzte und schwappte es, keine Spur von dem hinterlassend, was es verschlang.

Fasziniert ging Gernot auf das Wasser zu, setzte sich auf eine kleine Begrenzungsmauer und schaute in die dunkle Flüssigkeit hinab.

„Leben – gelebt haben", dachte er. Eine eigenartige Ruhe schien von dem Wasser auszugehen, so als sei dort die Lösung eines sonst nicht zu bewältigenden Problems zu finden. Hatte dieses Kind überhaupt gelebt? War das wirklich Leben, was dieses Wesen erfüllte? Ein Wesen, das ständig auf fremde Hilfe angewiesen war? Nie alleine würde laufen, nie richtig sprechen können? Wozu sollte so ein Wesen leben? Und wen störte es, wenn es nicht mehr lebte? Da, wo es herkam, verkaufte man sogar gesunde Kinder, und für solch ein behindertes Kind war dort sicher kein Platz. Und hier, im kalten Deutschland? Was sollte es hier? Niemand wußte von diesem Kind – nur Birgit und die Schneiders. Und Schneiders waren nicht zu finden, würden sich wohl von selbst auch nicht melden. Gernot starrte auf das Wasser. Natürlich war das keine Lösung. Ganz gewiß nicht.

Beharrlich schmatzte und saugte das Wasser weiter.

Warum eigentlich nicht?

Annegret starrte immer noch frech den an sie gefesselten Mann an. Er war vor Wut schon außer sich. „Ist Ihnen eigentlich klar, wie lange Sie mich mit Ihrem verrückten Getue hier schon festhalten?"

„Sicher", erwiderte Annegret. Sie schaute betont aufreizend auf ihre Uhr. „55 Minuten, mein Herr."

„Ich zeige Sie an", schäumte er. „Das wird Sie teuer zu stehen kommen!"

Seine Frau kam gerade wieder aus dem Haus. „Ich erreiche ihn einfach nicht", erklärte sie.

„Verdammt noch mal, dann ruf irgendeinen anderen Rechtsanwalt an", schimpfte der Mann.

Sie zuckte verzweifelt mit den Schultern. „Das ist gar nicht so einfach, wie du dir das vorstellst."

„Na, Sie mach' ich auf jeden Fall zur Schnecke!" drohte der Mann, sich wieder an Annegret wendend. Diese versuchte, seiner körperlichen Nähe auszuweichen, was aber wegen der Handschellen nicht gelang. Da – endlich – tauchte Ahrendt wieder auf, der an der Einfahrt gewartet hatte.

„Sie kommen!" brüllte er und rannte wieder zur Straße zurück, um winkend auf sich aufmerksam zu machen.

„Sie wollten schon abhauen, da haben wir sie dran gehindert", berichtete Ahrendt aufgeregt, kaum daß Addi und Bernd aus ihrem Auto geklettert waren.

„Mein Gott, war das eine Fahrt", stöhnte Bernd.

„Was sollen wir erst sagen?" erwiderte Ahrendt. „Die Kollegin hat schon einen vor den Latz gekriegt! Die Verdächtigen wollten gerade das Weite suchen!"

„Wieso sind wir überhaupt verdächtig?" dröhnte Riehmkötter. „Was bitteschön wirft man uns eigentlich vor? Haben Sie überhaupt das Recht, so mit uns umzugehen? Ich glaube doch wohl kaum. Bitte lassen Sie uns jetzt sofort gehen. Und außerdem hat diese Provinzposse noch ein bitteres Nachspiel für Sie alle, das kann ich Ihnen versichern."

„Los", wisperte Addi zu Bernd. „Hin mit dir. Nimm ihn fest."

Bernd ging langsam auf den wütenden Mann zu. Aber obwohl er einen Haftbefehl bei sich trug, verließ ihn mit jedem Schritt der Mut, und als er direkt vor dem Mann stand, der einen guten Kopf größer war als er selbst, fühlte er sich wie ein unberechtigt eindringender Störenfried, so, als habe er etwas verbrochen und nicht der Mann vor ihm. Trocken schluckte er, suchte nach den passenden Worten, aber sie waren alle fort. Hilfesuchend schaute er sich um, aber Addi winkte ihm nur ungeduldig, er solle endlich die Verhaftung vornehmen.

Die Frau war jetzt ebenfalls zum Auto gekommen. Sie angelte ihre Handtasche aus dem Fußraum des Beifahrersitzes hervor. Bernd folgte ihrer Bewegung mit den Augen und sah etwas, womit er nie gerechnet hätte.

Unter dem Beifahrersitz leuchtete etwas Weißes. Ein Nummernschild. Der erste Buchstabe war sogar zu erkennen, zumindest wenn man ahnte, was auf dem Schild stand. B – wie Bielefeld.

Plötzlich fiel die Unentschlossenheit von Bernd ab. Er richtete sich auf, spürte wieder Kraft und Mut in sich, und es war selbstverständlich, was er zu sagen hatte: „Herr und Frau Riehmkötter, im Namen des Gesetzes verhafte ich Sie hiermit. Sie haben das Recht, die Aussage zu verweigern und einen Rechtsanwalt Ihres Vertrauens heranzuziehen, denn ab sofort kann alles, was Sie sagen, gegen Sie verwendet werden."

„Und weswegen wollen Sie uns verhaften?" höhnte Riehmkötter.

„Ich beschuldige Sie, den Tod der kleinen Carmen Figueiras fahrlässig herbeigeführt zu haben oder zumindest durch unterlassene Hilfeleistung nicht verhindert zu haben. Darüber hinaus beschuldige ich Sie, die kleine Jessika Josten aus Gelsenkirchen entführt zu haben."

Riehmkötter schaute ihn einen Moment haßerfüllt an. Dann warf er plötzlich den Kopf in den Nacken und fing schallend an zu lachen. „Das soll ich Ihnen glauben? Sie sind wohl übergeschnappt, junger Mann."

Bernd merkte, daß ihn seine eben gewonnene Sicherheit wieder verließ. Aber zum Glück waren da die anderen, die sich nicht beeindrucken ließen.

„Also, mal ein bißchen plötzlich", kommandierte Ahrendt. „Hände auf den Wagen und Beine auseinander, ist das klar?"

Das dunkle Wasser schmatzte noch immer, beharrlich, verschwiegen, gefräßig.

Auf einmal wurde die Stille des Parkplatzes unterbrochen durch ein laut röhrendes Auto, dessen Reifen sich knirschend in den Kies gruben. Eine junge Frau stieg aus, eine unangezündete Zigarette in der Hand. Mit quietschenden Reifen schoß der Wagen davon.

„Ej, du Arsch", rief ihm die junge Frau hinterher, „hättse mir nich' eben mal Feuer geben können?"

Ihr Beruf war nicht schwer zu erraten. Ein Wasserfall blondgefärbter Dauerlocken über dem stark geschminkten, etwas kindlich wirkenden Gesicht, kurze Hosen, die wie auf den Po gemalt wirkten, Wildlederstiefel bis über die Knie, aber nur ein breiterer BH als Oberbekleidung, darüber eine silbrige Bluse. Das Mädchen registrierte Gernot, der gerade an der Beifahrerseite stand, und stakste auf ihn zu.

„Hallo, hätten Sie vielleicht netterweise mal Feuer für mich?"

Gernot starrte sie fassungslos an.

„Nur 'n bißken Feuer", sagte sie. „Ich will Sie nicht vergewaltigen."

Er starrte sie noch immer an, als wäre sie ein Wesen von einem anderen Stern. Die Frau seufzte und schüttelte den Kopf. „Feuer", sagte sie betont und deutete auf ihre Zigarette.

In diesem Moment erwachte das Kind und begann zu schreien, schrill, durchdringend. Die Prostituierte vergaß ihre Zigarette. „Och, wat 'n lecker Mäusken", rief sie sofort mit ganz veränderter Stimme. „Oh, brauchse doch nicht weinen, kleine Maus, das ham wa doch gleich."

Und mit einer Selbstverständlichkeit, die keinen Widerspruch zuließ, öffnete sie den Wagen und angelte das Kind aus dem Kindersitz. „Na, komm", flötete sie. „Du kleine Moppelmaus, brauchs doch nich' schreien, hm? Sylvie is' doch da, hm? Nanana, wer macht denn so ein Gesichtchen, hm?" Sie begleitete ihr Gurren und Schmeicheln mit Lächeln und übertriebenen Kopfbewegungen, und zu Gernots Verwunderung hörte das Kind auf zu schreien und betrachtete die junge Frau mit verwundertem Gesichtsausdruck. Die Frau schnupperte. „Puh", sagte sie, immer noch in schmeichelndem Tonfall, „kann das sein, daß wir einen ganz dicken, fetten Stinker inne Windel haben? Einen dicken fetten Stinker? Ein AA? Na, wo hat der Pappi denn eine feine neue Windel und die Öltücher, dann wolln wir doch mal ganz schnell das Popöchen sauber machen, ja?"

Und mit größter Selbstverständlichkeit legte sie das Baby auf die Motorhaube und begann, die verschwitzte und muffige Kleidung des Kindes auszuziehen, wobei sie die ganze Zeit auf das staunende Baby einredete.

Erst jetzt wurde Gernot bewußt, daß er noch vor wenigen Minuten den Entschluß gefaßt hatte, dieses Kind zu ertränken. Das Blut stieg ihm heiß ins Gesicht, und eifrig tauchte er in den Wagen, um nach den Wickelsachen zu suchen, die Birgit eingepackt hatte.

Das Kind schrie schon wieder. „Au wei", meinte die Prostituierte, „kann das sein, daß wir Hunger bis unter die Arme haben? Hunger bis unter die Arme? Ja, wo hat denn der Pappi ein feines

Fläschchen?" Begeistert gab sie schmatzende Geräusche von sich, die schon die Vorfreude auf ein feines Fläschchen andeuten sollten. Aber als Gernot endlich ein Fläschchen aus der Reisetasche hervorgekramt hatte, hielt die Prostituierte sie kopfschüttelnd hoch.

„Das könnense der Kleinen nich' anbieten", sagte sie, plötzlich in normaler Tonlage. „Die is' schlecht." Und tatsächlich, die Milch war klumpig geworden, es war gar nicht zu übersehen, daß sie schlecht war.

„Ich hab' nix anderes", sagte Gernot verzweifelt.

Inzwischen hatte die Prostituierte den Windelbereich der Kleinen bloßgelegt und pfiff empört durch die Zähne. „Sie sind mir aber ein feiner Vater", schimpfte sie los. „Das Kind liegt wohl schon stundenlang in der Scheiße, was? Ist ja schon fast blutig, so wund ist die Kleine. Toll, so was nenn' ich wahre Liebe. Mir wird alle Nase lang das Jugendamt auf den Hals gehetzt, weil ich angeblich für meinen Jungen nicht anständig sorge, aber so'n feiner Pinkel wie Sie, der kann sein Kind einfach hungern und in der Scheiße liegen lassen, da sagt dann kein Mensch was, ne?"

„Entschuldigung", murmelte Gernot schuldbewußt.

Die Prostituierte schaute ihn verwundert an und fing dann an zu lachen. „Brauchense sich nich' bei mir zu entschuldigen", sagte sie. „Wissen Sie was? Wir fahrn jetzt erst mal zu mir, ich hab' wohl noch ein bißken Milch und Haferflocken, und dann mach' ich der Kleinen erst mal 'ne vernünftige Flasche, O.K.?"

„Ich müßte mal eben tanken", sagte Gernot, als sie auf der dunklen Straße weiter geradeaus fuhren. „Kein Problem", sagte die Prostituierte, „da vorne biegense links ab, am Bergmannsheil entlang. Dann kommen wir auf die Kurt-Schuhmacher-Straße, die fahrn wir rechts, und kurz vor dem Rathaus ist 'ne Tankstelle, die auch nachts offen hat."

Gernot bedankte sich und folgte ihrer Anweisung. Nachdem er getankt und bezahlt hatte, eilte er wieder zum Auto, in welchem das Kind mittlerweile mit aller Kraft, die dem kleinen Körper zur Verfügung stand, schrie. Die Prostituierte schien davon nicht beeindruckt zu sein, mit unerschöpflicher Gelassenheit redete sie auf das Kind ein, ein monotoner Singsang aus Kosewörtern, die Gernot zum Teil noch nie gehört hatte. Die Frau war regelrecht aufgekratzt, und als Gernot wieder auf eine breite hell erleuchtete Straße fuhr, die direkt an einem soliden alten Rathaus vorbeiführte, begann er zu überlegen, ob diese Frau nicht bereit sein würde, das Kind aufzuziehen. Aber was für Gehaltsvorstellungen haben so Mädchen, die auf den Strich gehen? Weshalb ging sie überhaupt auf den Strich? Wieso hatte sie sogar einen Sohn? Alles Fragen, die Gernot nicht zu stellen wagte.

An der Tankstelle hatte der Junge im kalten Licht der Neonlampen aufgeregt die Frau an der Kasse am Ärmel gezupft. Das Radio lief, Nachrichten und Verkehrhinweise, die Frau an der Kasse summte die Erkennungsmelodien geistesabwesend mit, hörte aber nicht zu. „Mensch, Mama“, sagte der Junge aufgeregt, „hast du denn nicht gesehen? Der Wagen, den sie suchen, ist doch gerade da runter gefahren!“

„Echt?“ fragte die Frau gleichmütig.

„Aber Mama!“ rief der Junge. Sein stupsnäsiges Gesicht mit dem ersten Anflug von Flaum auf der Oberlippe leuchtete vor Eifer. „Man soll der Polizei Bescheid sagen, wenn man ihn sieht.“

„Tu, was du nicht lassen kannst“, sagte die Frau achselzuckend. „Wahrscheinlich kriegen die armen Polizisten jetzt Tausende von Telefonanrufen. Alles so feine Bengels wie du, die irgendwo irgendwas gesehen haben. Aber wenn du meinst …“

„Darf ich?“ fragte der Junge aufgeregt.

Die Frau zeigte auf das Telefon. „Bitte“, sagte sie. „110, wenn ich recht informiert bin.“

Sie fuhren durch die Nacht, breite, erleuchtete Straßen, an einer großer Autohandlung vorbei. Gernot schwieg, während die Prostituierte immer noch mit dem Kind gurrte und schäkerte. Nach einer Unterführung mußte er links abbiegen und geriet schon bald in eine ärmliche Wohnsiedlung. Ein gelb und lila gestrichener Backsteinbau auf der linken Seite schien in der nächtlichen Straßenbeleuchtung noch geschmackloser als am Tag ohnehin schon, rechter Hand lagen Wohnblocks mit viel Abstandsgrün, im Hintergrund eine bedrohliche Industrieanlage mit rauchenden Schloten. So hatte Gernot sich Gelsenkirchen immer vorgestellt.

„Hier, diese kleine Straße rein", sagte die Frau neben ihm eifrig, „die Parkplätze sind alle hinter dem Haus."

Hier erschloß sich plötzlich eine kleine Idylle, Wiesen mit Wäschestangen, vor den Eingängen liebevoll gehegte Blumenrabatten. Gernot parkte auf einem der zahlreichen Parkplätze, und gemeinsam stiegen sie aus dem Auto. Die Prostituierte trug das Kind, es immer wieder zärtlich drückend und anredend und stapfte voraus, nachdem sie die Haustür aufgeschlossen hatte.

Im Treppenhaus roch es ein wenig muffig, die Stufen waren aus Stein, die Wände mit abwaschbarer Ölfarbe gestrichen. Auf den Treppenabsätzen standen kleine Blumentöpfe auf eigens dafür hingestellten Ständern, die allerdings schon Sperrmüllcharakter hatten. Vor einer Tür in Eichenholzimitation blieb die junge Frau stehen, schloß behutsam auf und bedeutete Gernot, möglichst leise zu sein. Sie schlichen in die Küche, eine runde Neonröhrenschlange flammte schmerzhaft hell auf, und Gernot schaute sich um, während die junge Frau mit dem Baby auf der Hüfte geschäftig hin und her eilte, um eine Mischung aus Milch, Wasser und Haferflocken auf dem Herd zu erwärmen.

Es handelte sich um eine Kiefernholz-Einbauküchenzeile, wie sie immer wieder in Prospekten als Supersonderangebot angepriesen werden. Sie nahm die eine Wand der Küche ein, paßte aber nicht ganz, so daß ein Stück Arbeitsplatte in das Fenster der seitlich zur Küchenzeile liegenden Wand ragte. Gegenüber fand ein kleiner Tisch mit zwei Stühlen gerade eben Platz. Gernot setzte sich. Die Wände waren sauber, aber leer. Kein Bild, kein Wandschmuck in dieser kleinen Küche. Aber am Fenster hing ein Clown aus Tonpapier, etwas ungelenk ausgeschnitten.

Blitzsauber war die gesamte Küche, aber entsetzlich leer.

Gernot schaute zu, wie allmählich die Haferflockenpampe im Topf verdickte und in ein Schüsselchen gegossen wurde. Geschickt setzte sich die junge Frau auf den zweiten Stuhl und begann routiniert das Kind zu füttern, heftig auf den Löffel pustend. Gierig schluckte das Kind, plötzlich erwischte es eine zu heiße Portion, bäumte sich auf und schrie verzweifelt. Rasch hatte die junge Frau es hochgehoben, klopfte auf den Rücken, stand auf und wanderte mit dem Kind auf und ab. Erst der Clown aus Tonpapier, den die Frau mit einschmeichelnden Worten hin und her bewegte, beruhigte das Kind, angestrengt musterte es das Papier und streckte endlich ein Händchen danach aus.

„Mama“, tönte eine Kinderstimme von der Küchentür her, „oh, Mama, hast du mir endlich ein Baby mitgebracht? Darf ich es behalten?“

„Hallo, Michael, mein Schatz“, sagte die Frau zärtlich und ging vor dem Jungen mit Strubbelhaaren und einem etwas zu kleinen und schon ziemlich verwaschenen Schlafanzug in die Knie, um ihm das Baby besser zeigen zu können.

„Nein, das Baby dürfen wir nicht behalten, aber guck mal, wie winzig die kleinen Fingerchen sind!“

Nachdenklich streichelte der Junge die Hand des Kindes. Das Baby staunte ihn ernst an.

„Ich will aber auch ein Baby, Mama“, quengelte der Junge. „Bitte! Marco hat auch eins und Mustafa sogar zwei!“

Die junge Frau lachte. „Ach, mein Liebling“, murmelte sie, „das geht doch nicht.“

Plötzlich verzog das Baby wieder das Gesicht. „Um Himmels willen“, rief die junge Frau, „das Kind hat doch Hunger!“ Und eilig setzte sie sich wieder an den Tisch, um die Kleine zu füttern.

In der Pommesbude gegenüber hatte der junge Polizist gerade seine Uniformmütze abgelegt, um eine Currywurst in Auftrag zu geben. An der Theke stand ein Mann, an die Sechzig und sicher schon lange an abendliches Bier gewöhnt. Auch jetzt stand eine Bierdose vor ihm, während er versuchte, das Gespräch mit der rundlichen Frau, die gerade die Bratwürstchen wendete, in Gang zu halten. „Das Jugendamt sollte man einschalten! Und die Polizei! Jetzt bringt diese Nutte die Freier schon ins Haus! Aber eins sag' ich Ihnen, da werd' ich gleich morgen an die Wohnungsverwaltung eine Unterschriftenliste schicken! 'ne Nutte bei uns im Haus! Wir sind doch kein Puff! Und dann noch dieser kleine Kerl dazwischen. Wat machen die von der Stadt eigentlich den ganzen Tag?“

„Däumchen drehen und unser Geld verpulvern“, kommentierte die Frau hinter der Theke.

„Genau! Ich war schon dreimal im Amt. Dreimal! Denken Sie, die würden reagieren? Nichts tun die, nichts, den ganzen Tag lang. Sitzen sich bloß ihre Ärsche platt.“

„So ist es“, erwiderte die Wirtin. „Noch 'n Bier, Paule?“

„Ja, gib mal noch eins.“

„Na, so schlimm wird es wohl nicht sein“, meinte der junge Polizist.

Sein älterer Kollege kam jetzt aus der Toilette und grinste. „Und, sind unsere Würstchen schon fertig?“

„Hörn'se mal“, ereiferte sich der Sechzigjährige. „Diese Nutte da, die hat gerade einen Freier mit in ihre Wohnung genommen, und der Kleine liegt im Nachbarzimmer und schläft. Ist dat wohl 'ne Riesensauerei oder nicht?"

„Wer weiß, ob der bloß schläft", sagte die Wirtin bitter. „Man hört ja soviel, daß sie heute schon an Kinder gehn und so."

„Genau", sagte der Mann. „Und kein Schwein packt sich dafür." „Schon gar nicht die Polizei", sagte die Wirtin und stellte die fertigen Currywürstchen vor die Streifenpolizisten. „Immer fein weggucken, dann krisse auch kein Ärger, ne?"

„Wat soll dat denn heißen, Else?" sagte der ältere Streifenpolizist verärgert.

„Na, wenn ich du wäre, würd' ich da mal klingeln", sagte die Wirtin, „einfach mal nachfragen. Aber tusse nich', könnt' ja in Arbeit ausarten, stimmt's?"

Die Polizisten warfen ihr einen finsteren Blick zu. „Gezz erst recht nich'", zischte der ältere, als er sein Würstchen nahm und bezahlte.

Aber draußen auf der Straße schauten sich die beiden nachdenklich an. „Man könnt' ja mal gucken", meinte der jüngere.

„Von mir aus", sagte der ältere, und so bog der Streifenwagen leise in den kleinen Weg zu den Parkplätzen ein und hielt in der Nähe des Münsteraner Mercedes.

Der jüngere Polizist nahm einen Funkruf entgegen. „He!" rief er seinem Kollegen zu, der bereits ausgestiegen war und nachdenklich das teure Auto musterte. „Kalle, wir müssen los. Großfahndung nach einem silbergrauen Mercedes mit diesem Kennzeichen. Soll sich irgendwo in Buer rumtreiben."

Der ältere blickte auf. „Schon gefunden", sagte er. „Sag mal in der Zentrale Bescheid, der Wagen steht hier."

Samstag

Gegen drei Uhr früh kamen Bernd, Andrea und ihr holländischer Gast in der Wohnung an.

„Tja", sagte Addi. „Dann will ich mal meine Sachen zusammenpacken und nach Hause düsen. Das saubere Pärchen, das wir uns in Düsseldorf geschnappt haben, würde ich nächste Woche ganz gerne noch mal gezielt unter die Lupe nehmen. Auch diese Breitenbachs. Aber davor brauche ich eine Pause."

„Willst du nicht wenigstens erst mal ausschlafen?" fragte Andrea verblüfft, während Addi bereits seine Sachen in die Reisetasche packte.

„Nee", sagte Addi, „wenn ich mich jetzt in mein Auto setze, kann ich morgen meinen Lieben Brötchen zum Frühstück bringen. Vielleicht kann ich sogar meine kleine Nellie mit einem Küßchen wecken. Und die Jungs werden sich auch freuen, wenn sie mich morgen früh schon wieder haben. Ich will jetzt nach Hause."

„Schade", sagte Bernd. Er merkte, wie Traurigkeit in ihm hochstieg. Irgendwie fühlte er sich leer und erschöpft, und der Abschied von dem gutgelaunten Holländer fiel ihm dadurch besonders schwer, auch wenn er ihn erst seit ein paar Tagen kannte.

Addi antwortete nicht; erst als er den Reißverschluß seiner Reisetasche zugezurrt hatte und mit der Tasche über der Schulter zur Wohnung hinausging, lächelte er Bernd und Andrea zu. „Wir bleiben in Verbindung, ja?" sagte er. Mit der linken Hand fummelte er etwas aus der Jackentasche.

„Hier, ich hab' sogar eine Visitenkarte. Bis nächste Woche, O.K.?"

„Ja", sagte Bernd, „bis nächste Woche. Ruf an, wenn du kommst, dann kann ich dich auch vom Bahnhof abholen, ja?" „Ich muß mal gucken, wie die Züge von Amsterdam nach Gelsenkirchen fahren", lachte Addi amüsiert. „Also, ich mag keine langen Abschiede. Wie komme ich aus eurer Tiefgarage raus?" „Einfach rausfahren", sagte Bernd. „Von innen geht es von selbst auf."

„O.K.", sagte Addi, „man sieht sich."

„Tschüß", sagte Andrea leise und winkte leicht mit der Hand. „Mach's gut", sagte Bernd noch, und dann war der Holländer weg.

Monika war leise in das Wohnzimmer getreten. Ihr Gesicht war immer noch sehr erschöpft und blaß.

„Schläft sie?" fragte Dieter, der vom Fernsehsessel hochschreckte, als Monika ihm leicht über das Gesicht strich. „Fürs erste ja", sagte Monika. „Aber sie ist völlig durcheinander, es wird wohl noch ein Weilchen dauern, bis sie das alles überstanden hat und wieder gut schläft."

Dieter schmiegte seine Wange an ihre Hand und schaute sie bedauernd an. „Das wird jetzt eine harte Zeit für uns."

Monika lachte. „Na, ich glaube, die harte Zeit haben wir schon hinter uns gebracht, nicht wahr?"

Dieter nickte.

„Wo ist Mutter?" fragte Monika.

„Sie ist nach Hause gegangen. Stell dir vor, sie hat mich noch gefragt, ob sie morgen die Jessi für eine Stunde oder so haben darf."

„Und – was hast du gesagt?"

„Erst mal nicht, das Kind muß sich ja erst mal wieder an uns gewöhnen und einen festen Rhythmus finden. Aber wenn sie wieder die alte ist, werden wir sicher gerne auf ihren Vorschlag zurückkommen."

„Gut", sagte Monika und gähnte. „Im Moment würde ich die Jessi wirklich nicht gerne abgeben. Komm jetzt ins Bett, ja?"

Aber Dieter schaute nachdenklich vor sich hin.

„Sag mal", fragte er leise, „wenn Jessi nicht wieder gekommen wäre, was glaubst du, hätten wir dann einfach ein anderes Kind bekommen?"

Monika schaute ihn überrascht an. Dann fuhr sie ihm mit den Fingern durch die Haare und zog spielerisch daran. „Weißt du", sagte sie nach einer Pause des Nachdenkens, „ich habe irgendwo gelesen, daß der einzige vernünftige Grund, ein Kind zu bekommen, die Freude am eigenen Leben ist. Wenn wir noch ein Kind wollen, sollten wir es unabhängig davon bekommen, wie es mit Jessi steht. Aber heute abend bitte nicht mehr. Laß uns jetzt ins Bett gehen. Und laß uns einfach nur schlafen, ja?"

Sie lachten beide, obwohl das eigentlich gar nicht so witzig war, und Dieter rappelte sich aus dem Sessel auf.

Abends vor der Tagesschau war das Wohnzimmer von Bernd und Andrea zum Bersten vollgestopft. Andreas Eltern, beide Brüder mit ihren Frauen, Bernds Schwester mit ihrem Mann und dem kleinen Jonathan, Bernds Eltern und sogar seine Oma, Andreas beste Freundin und ihr Mann – alle waren sie Andreas Einladung gefolgt, um Bernds wunderbaren Erfolg zu sehen und zu feiern. Andrea rechnete fest damit, daß eine lange Reportage über den Fall gesendet würde, und deshalb schauten sich jetzt alle gebannt die Werbung vor den Nachrichten an. Der Couchtisch war vollgestellt mit Sektgläsern und -flaschen, die bei diesem Anlaß geöffnet werden sollten, obwohl die Männer bereits Bier tranken. Bernd hätte sich am liebsten verkrochen, aber seine drei Schwager hatten ihn gemeinschaftlich in das Wohnzimmer zurückgeschleppt und paßten auf, daß er nicht wieder hinausging.

Endlich begannen die Nachrichten – erschütternde Bilder aus einem brutalen und unsinnigen Krieg, Terrorakte in einer Hauptstadt, namhafte Politiker, die sich zu einem wichtigen Gespräch getroffen hatten.

Und dann endlich: „Aus dem Ruhrgebiet erreichte uns soeben die Nachricht, daß der bislang wohl erfolgreichste Schlag gegen das organisierte Verbrechen in der Nachkriegszeit heute nacht zu Ende gegangen ist. Durch einen Großeinsatz von Polizeikräften aus allen Städten des Ruhrgebiets konnte in den frühen Morgenstunden in Bochum, Essen, Dortmund, Duisburg, Recklinghausen, Gelsenkirchen und Bottrop umfangreiches Beweismaterial sichergestellt werden ..."

Bernd hörte schon gar nicht mehr richtig zu. Fassungslos starrte er den Fernseher an. Niemand hatte ihm von dieser Aktion etwas gesagt! Alle hatten ihn für einen dummen kleinen Anfänger gehalten, dem nicht zu trauen war. Das schmerzte tief, und nur mit einem halben Ohr hörte er, daß sogar eine Brennpunkt-Sondersendung zu diesem Thema angekündigt wurde. Es folgten noch allerlei andere Berichte, Sport und Wetter, und dann waren die Nachrichten auch schon vorbei.

„Das darf doch nicht wahr sein!" schrie Andrea empört. „Kein einziges Wort über unseren Fall! Das ist ja wohl echt eine Riesensauerei!"

Da erst spürte Bernd, wie plötzlich eine enorme Spannung von ihm abfiel, und ihm wurde bewußt, daß sein erster Fall tatsächlich abgeschlossen war. Er beugte sich vor und schüttelte eine der Sektflaschen kräftig, bevor er sie öffnete.

„Ej, du Ferkel!“ rief Andrea und sprang auf, um einen Lappen zu holen. Die anderen schauten Bernd verblüfft an. Aber Bernd lehnte sich mit der überschäumenden Sektflasche zurück und lachte und lachte.